내 삶의 의미

Le Sens de ma vie
Romain Gary

Romain Gary

로맹 가리 · 백선희 옮김

Le Sens
de ma vie

내
삶의
의미

문학과지성사
2015

# 내 삶의 의미

제1판 제1쇄   2015년 11월 20일

지은이   로맹 가리
옮긴이   백선희
펴낸이   주일우
펴낸곳   ㈜문학과지성사
등록번호   제1993-000098호
주소   121-894 서울 마포구 잔다리로7길 18(서교동 377-20)
전화   02) 338-7224
팩스   02) 323-4180(편집)   02) 338-7221(영업)
전자우편   moonji@moonji.com
홈페이지   www.moonji.com

ISBN 978-89-320-2803-3

편집자 주


이 대담은 1980년 로맹 가리가 죽기 몇 달 전에
촬영된 것으로 라디오-캐나다의
「말과 고백」이라는 프로그램을 위해 장 포셰가 제작했다.
방송에 공개된 것은 1982년 2월 7일이었다.

차례

1. 새벽의 약속                                    9

2. 군대에서 외교계로                              37

3. 외교계에서 영화계로                            63

4. 내 삶의 의미                                   91


**옮긴이의 말**_로맹 가리, 세상을 홀린 마법사   119

**로맹 가리 연보**                              131

일러두기

1. 이 책은 Romain Gary의 *Le Sens de ma vie*(Paris: Éditions Gallimard, 2014)를 우리말로 옮긴 것이다.
2. 주석 중 옮긴이의 것은 (옮긴이)라고 표기했다.
3. 원서에서 이탤릭체로 표기한 것을 본문에서는 고딕체로 표기했다.
4. 맞춤법과 외래어 표기는 1989년 3월 1일부터 시행된 「한글 맞춤법 규정」과 『문교부 편수자료』『표준국어대사전』(국립국어연구원)을 따랐다.

Romain Gary

# 1
# 새벽의 약속

내 삶에 대해 얘기를 좀 해보라고 하시는데, 난 내가 삶을 산 거라는 확신이 그다지 서지 않는군요. 오히려 삶이 우리를 갖고 소유하는 게 아닌가 싶습니다. 살았다는 느낌이 들면 우리는 마치 스스로 삶을 선택이라도 한 것처럼, 자기 삶인 양 기억하곤 하지요. 개인적으로 나는 살면서 선택권을 거의 갖지 못했습니다. 지극히 일반적이고 사적이며 일상적인 의미의 역사가 나를 이끌었고, 어떤 면에서는 나를 속여 넘겼지요.

나는 1914년 러시아에서 태어났습니다. 부모님은 모두 배우였고, 그래서 나의 첫 기억은 연극과 무대 뒤의 정경들입니다. 1917년의 러시아 혁명이 기억납니다. 난 붉은 광장에 엎드려 있었고 사방에서 총알이 휙휙 날아들었습니다. 어머니는 내 위로 몸을 던져 나를 보호하려 했죠. 웬 군인의 어깨 위에 올라 목말을 탔던 기억도 납니다. 소련 해병이었던 것 같은데, 무대에 오른 어머니를 보기 위해서였지요. 듣자 하니 어머니는 그리 대단한 배우가 아니었던 것 같습니다. 특별히 기억나는 순간이 하나 있어요. 연극 무대 위에서 마을이 불타고 주민들이 대피 중이었습니다. 아주 늙은 노파를 연기하는 어머니가 두 남자의 부축을 받고 무대를 가로질러가고 있었고요. 이 장면을 본 뒤 해병과 함께 무대 뒤로 갔더니 어머니가 울고 계시더군요. 무대감독이 잔뜩 화가 나 있었는데, 알고 보니 이런 일이 있었습니다. 어머니가 맡은 역할은 그저 무대를 지나가는 행인이었는데, 배역에 집착한 나머지 얼른 지나가지 않고 무대에 들러붙어 너무 천천히 걸어 무대 밖으로 끌어내야 했던 거지요.

내가 글을 쓰기 시작한 건 아홉 살 때부터인데, 러시

아어로 썼습니다. 그 후 여러 번 이주를 했죠. 먼저 폴란드-소비에트 전쟁이 끝난 직후인 1921년 일곱 살 때 폴란드로 갔고, 그 후 열네 살 때 프랑스로 이주해 왔어요. 내가 처음으로 문학적인 무언가를 시도한 건 푸시킨의 시 「팔레스타인 분파」를 러시아어에서 폴란드어로 번역한 것인데, 무엇보다 내가 작가여서 그런 작업을 했으리라는 지레짐작은 하지 맙시다. 그것은 이미 바르샤바에 있었을 때의 일이에요. 다시 말하겠지만 나는 문화를 네 번이나 갈아탔습니다. 러시아 문화에서 폴란드 문화와 문학으로 건너왔고, 열네 살 때는 프랑스 문화로 넘어왔습니다. 그리고 미국에서도 10년을 살았고, 미국영어로 소설을 한 편 쓰기도 했습니다. 언젠가 이 얘기를 드골 장군에게 해주었던 기억이 나는군요. 내가 겪은 문화 변화를 들려주며 카멜레온 이야기를 했지요. 카멜레온을 빨간 양탄자 위에 올려놓으면 빨간색으로 변합니다. 녀석을 초록 양탄자 위에 놓으니 초록색으로 변하고, 노란 양탄자에 놓으니 노랗게 변하고, 파란 양탄자에 놓으니 파랗게 변했는데, 알록달록한 스코틀랜드 체크무늬 천에 올려놓으니 녀석이 미쳐버리더라는 얘기였습니다. 드골 장군은 껄껄 웃더니 이렇게 말하더군요. "자네 경우엔 미치지 않고 프랑스 작가가 된 거로군."

마흔다섯 살에 쓴 첫 자전적 작품 『새벽의 약속』*에서 나는 이 모든 것에 대해, 내 삶에서 결정적인 역할을 했던 어머니에 대해 썼습니다. 어머니는 요즘은 상상조차 할 수 없을 정도로 프랑스를 숭배하는 분이었어요. 그때는 아직 19세기였고, 그 시절 프랑스는, 특히 러시아인들에게는 위대함과 아름다움, 정의와 인권 등, 우리가 지어내는 온갖 멋진 이야기를 구현한 나라였지요. 처음부터 어머니의 꿈은 오직 하나, 러시아인 부모를 둔 나를 프랑스인으로 만드는 것이었습니다. 그래서 어머니는 임신하자마자 프랑스에서 출산할 결심을 하셨지요. 그런데 빌나** 역(驛)에서 산

---

* La Promesse de l'aube(Paris: Gallimard, 1960).
** Vilna: 빌뉴스Vilnius의 옛 이름.

고가 시작되었어요. 빌나는 지금은 리투아니아 수도이지만 그때까지만 해도 그저 러시아의 작은 시골 마을이었습니다. 그 바람에 할 수 없이 아주 다급하게 어느 병원에서 분만을 했죠. 그렇게 해서 나는 빌나에서 태어나게 된 겁니다. 우리가 곧바로 프랑스로 온 건 아닙니다. 폴란드에서 7년이나 머물러야 했죠. 따라서 나는 폴란드어를 배웠고, 지금도 러시아어만큼이나 폴란드어도 유창하게 말할 수 있습니다. 마치 아버지와 어머니의 언어처럼 말이지요. 그리고 아주 힘들게 생계를 꾸려나간 어머니 덕에 삶에 부대끼지 않고 폴란드에서 초등학교를 다녔습니다. 우리에겐 돈 한 푼도 없었습니다. 어머니는 빌나에 양장점을 열었는데, 별로 정직하지 못한 수완을 한 가지 생각해냈어요. 당시 프랑스의 유명 디자이너 폴 푸아레의 빌나 대리점 행세를 한 겁니다. 모자를 만들어 안쪽에 "폴 푸아레"라는 작은 상표를 붙여 팔았지요. 얼마 뒤에는 좀더 진짜처럼 믿게 하려고 친구인 배우를 고용해 어머니의 살롱에 와서 디자이너 푸아레 행세까지 하게 했습니다. 거듭 말하지만 이 모든 건 『새벽의 약속』에 이미 쓴 얘기입니다.

그 뒤 우리는 바르샤바로 갔습니다. 거기서 나는 폴란드 학교를 다녔고, 고등학교까지 진학했습니다. 그리고 글을 계속 쓰다 보니 어느새 글 쓰는 일이 진짜 소명이 되어 버렸지요. 열두 살에도 계속 글을 썼는데, 얼마나 작가가 되고 싶었던지, 특히 내 글이 출간되는 걸 얼마나 보고 싶었던지, 출간된 것 같은 착각을 맛보려고 첫 습작을 노트에 인쇄체로 정서하곤 했지요. 그러니까 1928년까지는 폴란드에서 고등학교를 다녔어요. 그 시절 어머니는 프랑스를 향한 애국심에 사로잡혀 있었습니다. 러시아와 폴란드에 있을 때부터 나한테 프랑스어를 가르쳤으니까요. 그 애국심이 얼마나 지나쳤는지 이를테면 1870년에 프랑스가 전쟁에서 패했다는 사실을 나한테는 쏙 빼고 가르칠 정도였습니다. 프랑스 역사를 가르치면서 1870년 전쟁은 슬쩍 건너뛴 거지요. 어머니는 프랑스도 전쟁에서 패할 수 있다는 사실을 도무지 받아들이지 못했던 겁니다.

그러다 1928년에 니스로 왔습니다. 어머니는 처음엔 큰 호텔들에서 보석 진열대를 관리하는 일을 하다가 호텔 지배인이 되었고, 나는 니스 고등학교에 다녔지요. 이미 열 네 살 가까이 된 나이에 다시 한 번 문화를 갈아탄 겁니다. 이런 기억들에서 나는 많은 걸 길어냈습니다. 온전히 사실 그대로이고, 조금도 각색하지 않은 자전적 작품 『새벽의 약속』뿐만 아니라 전쟁 기간에 펴낸 첫 소설 『유럽의 교육』*을 쓰면서도 말입니다. 영국 공군 소속 조종사로 지 내면서 내가 알지 못했던 폴란드, 다시 말해 레지스탕스 시기의 폴란드를 사실적으로 그려내는 데— 폴란드인들이 인정했기에 하는 말입니다— 폴란드에서 보낸 어린 시절 의 기억이 도움이 되었지요. 그래봤자 내가 살았던 장소들 에 대한 지리적 기억들뿐이었습니다. 하지만 폴란드 사람 들의 말을 듣자 하니 폴란드의 레지스탕스는 내가 이 책에 서 묘사한 그대로였던 모양입니다.

---

* *Éducation européenne*(Calmann-Lévy, 1945).

　다시 말하지만 나는 니스 고등학교에 다녔고, 어머니는 아들이 항상 프랑스어에서 1등인 걸 보고 정말 좋아하셨지요. 어머니의 거창한 구상은 장차 아들이 외교관이 되어 외국에서 프랑스를 대표하는 것이었는데, 프랑스에서 외국인혐오주의가 맹위를 떨치던 시절에——게다가 이 혐오주의는 지금도 완전히 사라지지 않았지요——러시아 출신으로 아직 귀화조차 하지 않은 청소년에게 거는 이런 기대는 그야말로 해괴한 몽상처럼 보였습니다. 어머니가 이런 말을 하는 걸 자주 들었지요. "넌 위대한 작가가 될 거야. 프랑스 대사가 될 거다." 이따금은 몹시 곤혹스러웠습니다. 어머니는 자존심이 아주 강한 분이라 계단에서 이웃과 말다툼이 벌어질 때마다 여덟 살인 나를 데려가 밖에 나와 있던 이웃에게 이렇게 말하곤 했으니까요. "내 아들은 프랑스 대사가 될 거예요. 위대한 프랑스 작가가 될 거라고요." 나는 창피해서 죽을 것만 같았지요. 우리가 아직 폴란드 동부의 작은 마을에 살 때의 일이니 이런 일이 내게 어떤 결과를 가져왔을지 상상하실 수 있을 겁니다.

다시 니스 고등학교 시절 얘기로 돌아가자면, 나는 공부와 운동을 병행했습니다. 거의 프로 탁구선수처럼 운동을 많이 해서 코트다쥐르의 주니어 챔피언이 되었고, 거기서 돈까지 지원받았지요. 돈이 한 푼도 없어서, 그 시절 표현대로 핑퐁 교습비를 낼 형편이 되지 못했으니까요. 그리고 처음엔 엑상프로방스의 법과대학에 진학했다가 나중에 파리로 갔습니다. 이때 나와 어머니의 삶에 큰 사건이 일어났습니다. 문학 쪽에서 나와 관련된 일 중에 어머니가 알았던 유일한 사건인데, 『그랭구아르』라는 주간 문예지에 나의 첫 단편이 실린 겁니다.* 아직 학생 신분이었지만 이 단편으로 천 프랑을 번 기억이 나는군요. 이 사건으로 나의 학창시절은 완전히 바뀌었고, 작가가 되리라고 품었던 막연한 희망이 어느 정도 확실해진 셈이었죠.

---

* 1935년 2월 15일에 실린 「소나기 L'Orage」. 이 소설은 본명인 로만 카체프라는 이름으로 실렸다.

엑상프로방스에서 1년 동안 법학 공부를 한 뒤엔 파리로 갔습니다. 어머니는 아주 힘들게 일을 해서 번 돈으로한 달에 100프랑씩 생활비를 보내주셨지요. 방값만 150프랑이었는데, 이미 늙어가는 여자에게 돈을 받는다는 건 정말이지 괴로운 일이었습니다. 내가 태어났을 때 어머니는이미 서른여섯 살이었으니까요. 나는 생활비를 벌려고 천가지 일을 했습니다. 아니, 천 가지는 조금 과장입니다. 아이스크림 가게에서 삼륜차 배달 일도 했고, 카페 보이 일도 했습니다. 정확히 말하면 식당 보이였지요. 이와 관련해재미난 일화가 있습니다. 내가 종업원으로 일한 곳은 러시아 식당이었습니다. 그로부터 20년인가 30년 뒤, 아니면25년 뒤인지도 모르겠습니다만, 하여간 『하늘의 뿌리』*로공쿠르 상을 받았을 때 러시아 식당에서 종업원으로 일한적이 있다고 말했습니다. 아주 나이 많은 백인 엘리트주의자 러시아인이 운영하던 식당이었는데, 기자들이 몰려가

---

* *Les Racines du ciel*(Paris: Gallimard, 1956).

그 식당 주인에게 물었지요. "로맹 가리가 이곳에서 종업원으로 일한 게 맞습니까?" 그러자 지금은 아흔 살 가까이 되었고 아직 살아 계신 그 노인은 기자들을 이상한 눈으로 쳐다보며 이렇게 말했습니다. "로맹 가리가 우리 집에서 종업원으로 일했다니 그건 중상모략입니다." 말하자면 그는 러시아 백인 이민자 간의 연대 의식에서 내가 식당 보이였다는 사실을 인정하고 싶지 않았던 겁니다. 실제로 내가 했던 일인데도 말입니다. 그의 눈에는 그것이 명예롭지 못한 일로 보였던 거지요.

　그리고 『밤은 고요하리라』*에서 얘기했듯이 어느 기자를 위해 탐문조사도 했습니다. 그 기자는 나를 매개로 파리의 사창가를 탐구했지요. 사창가에서 '인터뷰' 같은 것을 2백 건이나 해야 했는데, 가끔은 아슬아슬하게 경계를 넘어설 뻔했지요. 요즘 말로 주변인이 될 뻔했단 말입니다. 이미 니스에 살 때부터 그랬습니다. 어머니는 자존심이 대

* *La Nuit sera calme*(Paris: Gallimard, 1974): 프랑수아 봉디와의 가상 대담.

단히 강한 분이어서 매번—— 살면서 고달픈 일을 많이 겪다 보니 피해 의식이 강했지요——모욕받았다고 느낄 때마다 내게 말했습니다. "가서 그 인간한테 따귀를 한 짝 날리고 오너라." 열다섯 살부터 어머니가 시킨 대로 따귀를 날려온 나는 동네에서 깡패라는 아주 고약한 평판까지 얻었지요. 그러니까 나는 파리에서 먹고살기 위해 대부분 두 가지 일을 동시에 했고, 셔츠는 두 장밖에 없었고, 오이와 빵만 먹고 살았습니다. 무척이나 괴로운 일화가 하나 기억납니다. 진짜로 주변인이 될 뻔했죠. 시쳇말로 우범자라 부르는 주변인 말입니다. 나를 구해준 구심점은——그때만 해도 중심이 있었지요——어머니의 이미지였던 것 같습니다. 이젠 레지옹도뇌르 수훈자에다 해방훈장 보유자가 된 신사가 얘기하기는 조금 껄끄러운 일화입니다. 미로메닐에 여자들을 위한 업소가 하나 있었는데, 변태적인 신사들과 당시만 해도 조금은 지나치게 자유분방하고 일탈 정도가 과했던 부인들이 욕구를 채우려고 찾아가던 곳이었지요. 한 미국인 친구가 내게 제법 두둑한 보수를 제시하며 그 부인들에게 여러분이 상상하시는 그런 만족을 제공하러 가지 않겠느냐고 제안하더군요. 그때 당시 나는 아주 외로운 처지였고 그 부인들은 대부분 아주 아름다웠습니다. 게다가 나는 거의 절망적인 상황에 처해 있었기에, 아마도 그때가 내 인생에서 흔들릴 뻔했던 유일한 순간이 아니었나 싶습니다. 만약 흔들렸더라면 도덕적 차원이 아니라 자존감의 차원에서, 우리가 가지려고 애쓰는 진정성의 차원에서 나는 결코 나 자신을 용서하지 못했을 겁니다. 더구나 그 시절 나는 다른 모든 청춘과 마찬가지로, 성적인 차원에서도 대단히 욕구불만 상태였지요. 피임 방법도, 피임약도 없었기에 청년이 여자와 잠을 자는 건 임신이라는 관점에서 위험한 일이었고, 그래서 그런 기회를 갖기가 아주 어려웠으니까요.

나는 버텼습니다. 행여 어머니가 아셨다간 큰일 날 일이라고 생각했죠. 그러니까 어머니가 품고 있는 내 이미지에 매달려 그 유혹을 이겨낼 수 있었던 겁니다. 이 이야기는 『밤은 고요하리라』에서 아주 솔직하게 털어놓았습니다.

그 밖에 다른 일들도 했습니다. 호텔 '라 페루즈'에서 프런트 업무를 봤지요. 그 호텔은 지금도 있습니다. 그곳에서 나는 아주 밉보였습니다. 학생이 학생 구역이 아닌 환경에 끼어 있었기 때문이지요. 그 후엔 『르 탕Le Temps』지의 홍보 책임자인 A씨* 심부름꾼으로도 일했습니다. 『밤은 고요하리라』에서 시도해보긴 했지만, 내가 거쳤던 직업들을 일일이 다 열거하진 못하겠군요. 어쨌든 아주 고달픈 시절이었습니다. 다른 무엇보다도 법학 공부를 해야 했고, 그러고 나서는 또 글을 썼기 때문입니다. 쉬지 않고 글을 썼지요.

그리하여 책을 여러 권 냈습니다. 첫 두 작품은 출판사 여러 곳에서 거절당했지요. 『죽은 자들의 포도주』**라는 처녀작은 로베르 드노엘에게 보냈습니다. 그는 훗날 살해당했는데, 내게 장래성이 많다고 이야기해주며 아주 친

---

* 알아들을 수 없는 이름.
** Le Vin des morts (Paris: Gallimard, 2014).

24

절하게 내쫓은 유일한 출판인이었습니다. 그때 나는 겨우 열아홉 살이었습니다. 게다가 그 책들의 내용은 절망적이었지요. 훗날 로제 마르탱 뒤 가르는 전쟁 통에 없어진 줄 알았던 그 원고들을 다시 읽고 이렇게 말한 적이 있습니다. "이건 미친 사람이 썼거나 성난 양이 쓴 책이야." 로베르 드노엘은 이 책의 상태에 대해 말해주려고 그 시절 프랑스 최고의 정신분석가가 내 작품에 대해 쓴 30쪽짜리 정신분석 텍스트를 보내주었어요. 프로이트의 제자이자 공주였던 마리 보나파르트 왕녀가 쓴 텍스트였지요. 그 분석에 따르면 당시 나는 온갖 콤플렉스를 앓고 있었던 것 같습니다. 거세 콤플렉스, 시간증(屍姦症) 등, 그 책을 바탕으로 우리가 상상할 수 있는 온갖 콤플렉스를요. 그 시절 내게 도움을 준 유일한 사람은 앙드레 말로*였습니다. 우리의 우정은 이때부터 시작되었습니다.

---

* (옮긴이) André Malraux(1901~1976): 드골 정권하에서 문화부장관을 역임한 프랑스의 소설가.

나는 두번째 작품 『사랑의 몸짓*Geste d'amour*』을 갈리마르 출판사로 보냈습니다. 오늘날 내 책을 출간하는 출판사지요. 처음으로 어떤 신사가 나를 만나주더군요. 훗날 대독 협력 전력 때문에 총살당하게 될 그는 내게 이렇게 말했죠. "이건 버려두고 애인이나 만들게. 그리고 10년 뒤에 다시 찾아오게나." 이건 젊은 작가에게 도움이 되는 태도는 아니었습니다. 반면 앙드레 말로는 나를 아주 친절하게 대해주었습니다. 이 책을 출판하지 않는 게 좋겠다고 조언해주고 나의 작가로서의 장래성을 확언해주며 자기 집으로 여러 차례 나를 불러주었습니다. 그가 점심식사에 초대해 보여준 호의와 친절은 결코 잊지 못할 겁니다. 당시 출판인의 눈에는 결코 내가 미래를 기대할 만한 확실한 인물이 되지 못했기에 더욱 그렇습니다. 나는 한 작품도 책으로 출간하지 못했습니다. 주간지에 단편 몇 편이 실렸을 뿐이지요. 아무런 성과도 내지 못한 채 여름방학이 되어 니스로 돌아올 때면 정말이지 어머니를 뵐 면목이 없었습니다. 한번은 어머니가 이렇게 말씀하시더군요. "신문에서 네 이름이 보이지 않던데, 어떻게 된 일이냐?" 그래서 나는 어떤 작가의 단편 몇 편을 꺼내 들었던 기억이 납니다. 어느 여성 작가였는데 이름이 확실히 기억나지 않는군요. 『새벽의 약속』에서 언급했는데, 아마도 앙드레 비올리*였던 것 같습니다만 확실한지 모르겠습니다. 어쨌든 나는 이렇게 말했습니다. "이게 저예요. 가명으로 글을 쓰고 있어요." 나의 문학적 장래에 대해 어머니를 안심시키기 위해 한 말이었지요. 나는 낙담한 채 아주 힘들게 법학 공부를 마쳤습니다. 3년 과정의 공부를 4년 만에야 끝냈지요. 그리고 1938년에 군에 입대했습니다.

나는 3년 과정의 조종사 훈련을 받았습니다. 공군 조종사가 되길 원했기에 아보르 학교**에 보내졌습니다. 이유

---

* Andrée Viollis(1870~1950): 반(反)파시스트 페미니스트 활동가였고, 레지스탕스 대원으로도 활동했으며, 당시 주요 르포르타주를 쓴 작가였다. 이를테면 앙드레 말로가 서문을 쓴 「인도차이나 S.O.S」(Paris: Gallimard, 1935)가 있다.
** 프랑스의 셰르 주에 있는 아보르 공군기지.

는 알 수 없지만 나는 동기생들보다 3주 늦게 그곳에 가게
되었습니다. 어쨌든 그곳에서 훈련받았고, 예정대로 넉 달
뒤 다른 동기생들과 마찬가지로 사관후보생 계급장을 달
고 졸업하리라고 생각했지요. 게다가 어머니는 벌써부터
온 동네에 아들이 공군 장교가 되었다고 얘기하고 다녔고,
나를 아주 자랑스러워하셨어요. 그런데 320명가량의 생
도 가운데 나 혼자만 장교 임관에서 제외된 거예요. 나중
에 어렵사리 그 이유를 알게 되었는데, 내가 귀화한 지 얼
마 되지 않았기 때문이라는 겁니다. 그 시절 공군 같은 엘
리트 집단에는 외국인혐오주의가 팽배했고, 그런 분위기
에서 그들은 내게 비행기를 맡길 수가 없었던 거지요. 따
라서 나는 중사 계급장을 달고 살롱드프로방스 공군학교
에 항공사격 교관으로 배속되었습니다. 어머니에게 차마
이 실패를 알리지 못한 채 아보르 학교에서 니스로 돌아
왔더니 메르몽 호텔*——3주 전에 들렀는데 지금도 건물은

---

\* 니스의 그로소 거리에서 로맹 가리의 어머니가 운영했던 호텔.

남아 있지만 호텔은 없어졌더군요──정면에 커다란 프랑
스 국기가 펄럭이는 게 보였습니다. 사관학교를 성공적으
로 마치고 장교가 되어 돌아오는 아들에게 경의를 표하려
고 어머니가 내건 깃발이었지요. 중사가 되어 돌아온 내가
느꼈을 수치심과 열패감을 상상하실 수 있을 겁니다. 어머
니에게 외국인혐오주의 때문에 장교 임관에서 탈락되었다
고 털어놓을 수는 없었기에 난감한 상황이었습니다. 프랑
스에 대해 너무도 고귀한 생각을 품고 있는 어머니에게 차
마 그런 말을 털어놓을 수는 없었지요. 그랬다간 어머니의
애국심에 끔찍한 실망을 안겼을 겁니다. 나는 돌아오는 내
내 해결책을 찾으려고 머리를 굴렸고, 결국 한 가지 묘안
을 생각해냈지요. 19세기 낭만주의 전통에 젖어 있던 어머
니는 그 시절 전통에 따라 당신의 아들이 숱한 여자들을
정복했으리라고 상상했습니다. 그래서 나는 거짓말을 했습
니다. 어머니가 말하더군요. "아니, 어째서 장교 복장이 아
니냐?" 나는 소설가로서 상상력을 한껏 발휘해 이렇게 거
짓말을 둘러댔습니다. "있잖아요, 엄마, 무슨 일이 있었느

냐 하면요…… 내가 학교 지휘관의 부인과 잤거든요. 그
일 때문에 규율 위반으로 임관되지 못했어요." 그러자 어
머니는 얼굴을 환하게 빛내며 이렇게 말하더군요. "하나도
빠뜨리지 말고 얘기해보거라." 내 실패는 완전히 잊었지요.
그렇게 나는 거짓말로 어머니의 머릿속에서 프랑스의 명예
를 구하고 나 자신의 명예도 지켜냈습니다. 어머니는 당신
아들이 여자들에게 인기 있는 걸 당연한 일로 여겼지요.
딱하게도 말입니다. 그리고 얼마 뒤 전쟁*이 발발했습니다.

　　우리는 살롱드프로방스를 떠났습니다. 학교가 보르도
메리냐크로 이전했거든요. 거기서 첫 비행기 사고가 났습
니다. 나는 당시 프랑스로 몰려들던 폴란드 조종사들을 상
대로 긴급 출동 통역으로 일했습니다. 조종석에는 현대적
인 통신수단이 없었기 때문에 나는 프랑스 조종사와 폴란
드 조종사 사이에 앉아 프랑스 조종사의 지시사항을 통역
했지요. 한번은 폴란드 조종사가 착륙을 제대로 못하자 프

---

* (옮긴이) 1939년에 발발한 제2차 세계대전을 말한다.

랑스 조종사가 말했죠. "저 멍청이한테 속력을 좀 더 높이라고 해. 그러지 않으면 격납고에 처박히고 말 거야." 그래서 나는 폴란드 조종사 쪽으로 돌아보고 말했지요. "[폴란드어 문장]." 하지만 내가 이 문장을 미처 폴란드어로 옮기기 전에 우리는 격납고에 처박혔고, 내 코는 으스러졌지요. 이 코는 간신히 다시 만든 겁니다.

그 뒤에도 나는 포테즈 540*을 타고 프랑스에서 몇 가지 임무를 수행했습니다. 공군기지 폭격 때 유산탄**을 맞아 허벅지에 구멍이 여럿 났는데, 지금도 그 흉터를 기념으로 갖고 있습니다. 그건 패배였죠. 상상조차 할 수 없는 패배였습니다. 내게 프랑스는 정의상 불굴의 나라였습니다. 어머니가 이 나라에 대해 품었던 고귀한 생각을 그대로 물려받은 거지요. 나로서는 프랑스의 패배는 생각조

---

* 특히 스페인 내전 동안 앙드레 말로가 지휘했던 비행중대가 사용한 프랑스 전투기.
** '유산탄shrapnel'은 동일한 이름을 가진 독일인이 제1차 세계대전 동안 만들어낸 것으로, 소형 탄환들이 든 포탄이다. 더 일반적으로는 포탄 파편을 가리킨다.

차 할 수 없는 일이었고, 결코 받아들일 수 없는 일이었습니다. 내가 소속된 폭격함대는 메크네스로 후퇴했는데, 거기서 나는 내가 타던 비행기를 몰래 훔쳐 타고 지브롤터로 가려고 했습니다. 여기저기서 총알이 날아들었는데, 비행기에는 점화장치가 없었습니다. 앞날을 내다보기라도 한 듯, 그들은 곧 비시 정부*를 구성하게 될 사람들의 명령에 따라 탈영병들을 막기 위해 점화장치를 미리 떼어놓았던 겁니다. 그래서 나는 걸어서 도망쳐야 했지요. 그들은 총을 쏘아댔고, 나는 메크네스 변두리로 피신했습니다. 매춘업소 3백여 개가 즐비한 사창가 도시였는데, 나이 많은 아랍 여인 주비다의 도움을 받아 몸을 숨겼습니다. 그녀는 어느 매춘업소의 새끼마담이었지요. 그 뒤, 다행히 폴란드어를 알고 있던 나는 폴란드 조종사로 가장하고서 북아프리카의 폴란드 조종사들을 지브롤터로 이송하던 수송차에 잠입했습니다. 그렇게 지브롤터에 도착했는데, 당시 영국

---

\* (옮긴이) 제2차 세계대전 중에 나치 독일에 협력한 괴뢰 정부.

함대는 비열하게도 메르스엘케비르에서 프랑스 함대를 침몰시키고 귀항하던 중이었습니다.*

　나는 지브롤터에서, 이렇게 말해도 될지 모르겠지만, 드골 장군이 나를 기다리는 런던으로 계속 나아갔습니다. 나는 그곳에 가장 먼저 도착한 사람들 중 한 명이었습니다. 내 머리엔 오직 한 가지 생각, 싸운다는 생각뿐이었습니다. 훈련이 아주 잘되어 있었던 거지요. 우리는 인원이 많지는 않았습니다. 훈련받은 조종사 2백 명 정도가 태동 중인 드골 장군의 자유 프랑스군에 합류하러 간 겁니다. 비시 정부는 드골 장군을 위시해 우리 모두에게 탈영죄로 사형선고를 내렸고, 이에 대해 우리를 정당화하는 길은 오직 죽음을 불사하고 싸우러 가는 것뿐이었습니다. 그것이 우리의 유일한 존재 이유였습니다. 사실 죽겠다고 작정한 것인데, 그러지 않는다면 우리는 그야말로 탈영병일

---

* (옮긴이) 당시 영국군은 독일과 휴전협정을 체결한 프랑스가 함대를 절대 독일에 넘기지 않겠다고 약속했음에도 메르스엘케비르에 정박해 있던 프랑스 함대를 일방적으로 공격해 엄청난 피해를 입혔다.

뿐이었습니다. 하지만 융통성 없는 참모장교가 있어 우리 대부분은 사무실에 처박혀 있어야 했습니다. 그의 생각은, 자유 프랑스군은 영국 비행중대에 소속되어 싸울 게 아니라 프랑스 국기를 달고 독자적인 비행중대를 구성해야 한다는 것이었습니다. 한데 당시 나는 야간 폭격에 나서는 웰링턴*에 올라타 별로 기여하는 바 없는 소위 '모래 자루' 임무를 수행하고 있었습니다. 그 비행기 속에 앉아 아무 것도 하지 않았지만, 당시 나는 영국군과 함께 전쟁 임무를 수행한 유일한 프랑스 조종사였고, 런던의 프랑스 라디오는 의기양양하게 떠들어댔죠. "프랑스 공군이 영국 기지에서 출격해 독일군을 폭격했습니다." 그 프랑스 공군이란 게 바로 나였습니다. 공식 발표를 정당화할 선전용으로 나를 웰링턴에 태운 겁니다.

대체로 역사에는 기록되지 않는 사소한 반란이 한 번 있었는데, 『밤은 고요하리라』와 『새벽의 약속』에서 언급

---

* 제2차 세계대전 동안 사용된 영국 폭격기.

한 바 있습니다. 나를 포함해 몇몇 하사관이 제비뽑기를
한 겁니다. 훗날 육군비밀결사대(OAS)*가 자행하게 될 일
과 비슷한 일을 할 생각을 품고서, 우리가 싸우는 걸 방해
하는 그 참모장교를 해치우기로 작정하고 누가 실행할지
제비뽑기를 한 거죠. 당첨된 사람은 나였습니다. 말하자면
그 불행한 중대장 암살을 내가 맡았던 겁니다. 우리는 비
행기에 올라탔고, 그도 시찰 명목으로 함께 탔습니다. 우
리가 그를 끌어들인 겁니다. 한데 어느 순간 그가 낌새를
알아차리고 블레넘**의 기관총 포탑으로 피신하더군요. 우
리는 모터에 문제가 생기자 그가 겁에 질려 뛰어내렸는데
낙하산이 펼쳐지지 않았다고 말할 생각이었지요. 후미에
있던 동료 기관총 사수와 내가 그를 기관총 포탑에서 끌
어내려고 발을 잡아당겼는데, 내 손에는 벗겨진 그의 군

---

* (옮긴이) Organisations de l'armée secrète: 드골 대통령의 알제리 정
책에 반대하고 프랑스 식민주의를 옹호한 극우단체로 드골의 암살 기도
와 테러까지 자행했다.
** 영국 공군의 경폭격기 브리스톨 블레넘Bristol Blenheim.

화 두 짝만 남았고, 약간 지저분하고 끔찍이도 새하얀 인간의 발 두 개가 눈에 들어왔습니다. 나는 도저히 그 일을 할 수가 없었습니다. 우리는 착륙했고, 나는 오부아노 제독*이 주재하는 군사재판에 회부되었습니다. 그분은 무죄를 선고했지만, 나를 포함하여 우리 중대를 아프리카로 보냈습니다. 그렇게 해서 나는 1940년 말에 아프리카로 가게 되었습니다. 오늘날 가나공화국이 된 곳이지요.

---

* 필리프 오부아노Philippe Auboyneau(1899~1961): 태평양과 지중해 지역의 자유 프랑스군 사령관.

*Romain Gary*

# 2
# 군대에서 외교계로

이제 아프리카 전장으로 넘어갑니다만, 사실 요즘은 어느 누구도 그런 얘기에 관심이 없죠. 퇴역 군인의 추억담보다 지루한 게 없으니까요. 그래도 내가 비행 훈련을 한 것은 쿠프라,* 아비시니아,** 리비아 등 중앙아프리카에서 오랫동안 체류하면서였다는 얘기는 해야겠습니다. 내가 비행술을 터득한 것, 그러니까 기관총 사수에서 척후병, 항공사, 폭격수 등을 거쳐 조종술을 익힌 것은 어느

---

* (옮긴이) Kufra: 리비아 남동부에 위치한 도시.
** (옮긴이) Abyssinia: 에티오피아의 옛 이름.

면에서는 작전을 수행하면서였으니까요. 중앙아프리카에서 가장 인상 깊은 추억은 이렇습니다. 사실 나는 술을 마시지 않고, 마셔보지도 않았고, 알코올이라고는 입에 대본 적도 없습니다. 포도밭이라는 내 나라의 소중한 문화 자산을 생각해서 어쩌면 예의상 아주 드물게 포도주를 맛보기는 합니다만, 맥주든 위스키든, 아니면 다른 어떤 종류의 알코올이든 정말 술에는 취미가 없습니다. 동료들은 이러한 사실에 매우 놀라고 재미있어 했죠. 어느 날 식사로 카레 수프가 나왔는데, 이름 그대로 향신료 맛이 아주 강한 수프였습니다. 동료들이 내 수프에 몰래 위스키 두 잔을 부었고, 나는 그런 줄도 모르고 수프를 마셨습니다. 알코올이 내게 어떤 효과를 발휘하는지 이때 입증되었죠. 나는 자리에서 일어나 이렇게 두 손을 비비며 말했습니다. "자, 잘들 보라고." 그러곤 훈련장으로 가서 블레넘을 몰고 날아가 연습용 폭탄 두 개로 우방기샤리* 총독 궁을 폭격

---

* Oubangui-Chari: 프랑스의 옛 식민지 영토. 오늘날의 중앙아프리카공화국.

한 겁니다. 석고로 만든 폭탄이어서 총독 궁이 입은 피해는 심각하지 않았지만 내가 입은 피해는 아주 심각했습니다. 나는 특무상사로 계급이 강등되었고[……],* 외인부대 규율 연대에 배속되어 훈련장을 개간하는 일을 해야 했습니다.

아주 고된 나날이었습니다. 외인부대의 규율이 어떤지는 여러분도 잘 아실 테고, 게다가 우기여서 더욱 힘들었습니다. 하루종일 땅을 개간하고 나면 밤새 풀이 다시 자랐으니까요. 놀라울 정도였죠. 나는 6주 동안이나 비행을 할 수 없었습니다. 당시만 해도 비행기 편으로 영국과 직접 소통하는 방법이 없었기에, 동료들의 증언 등, 내가 고약한 장난에 걸려들었음을 설명하는 서류들이 런던으로 오가기까지 6주가 넘게 걸린 거지요. 결국 나는 소위 계급을 회복했음은 물론, 보상 차원에서 내 비행중대와 함께 아비시니아 전투를 위해 하르툼 근처 고든스 트리 비행장

---

* 알아듣기 힘든 부분.

에 즉각 배속되었습니다. 지금도 기억납니다만, 하르툼에는 호텔 꼭대기에 근사한 나이트클럽이 있었고, 그곳엔 우리와 전쟁 중이던 헝가리 출신 무용수가 열두 명 있었습니다. 말하자면 그녀들은 그곳에 갇힌 채 접대부 노릇을 한 거지요. 그 무용수들과의 만남은 나쁘지 않았습니다. 프랑스를 아주 좋아하는 여자들이었으니까요.

우리의 주된 군사작전은 아비시니아의 이탈리아 점령지를 폭격하고, 그 뒤에는 리비아를 폭격하는 것이었습니다. 나는 리비아 작전에는 참여하지 못했습니다. 이동 중에 사리르 강물을 마신 탓이었지요. 당시 나는 중동에 배속되어 있었는데, 포르라미*부터 포르아르샹보**까지는 사리르 강을 따라서, 그 후 하르툼에서부터는 기차를 타고 나일 강을 따라서 와디할파,*** 아스완,**** 카이로까지 횡단했습

---

  * (옮긴이) Fort Lamy: 아프리카 중북부에 있는 공화국 차드의 수도 은자메나의 옛 이름.
 ** (옮긴이) Fort-Archambault: 차드 남부의 도시 사르의 옛 이름.
*** (옮긴이) Wadi Halfa: 수단 북부의 도시.
**** (옮긴이) Aswan: 이집트 동남부의 도시.

니다. 경치라는 관점에선 잊지 못할 황단이었지요. 그렇게 이동하는 동안 사리르 강물을 마셨는데, 예방 접종을 하지 않은 탓에 장출혈을 동반한 장티푸스에 걸린 채 다마스*에 도착했습니다. 나는 종부성사까지 받았습니다. 생존 확률이 천 분의 일도 안 된다고 의사들이 말할 정도였으니까요. 의사들은 내가 죽을 거라고 확신했습니다. 지금도 나는 어머니가 나를 구해주신 거라고 믿고 있습니다. 어느 순간 잠깐 의식이 들어 보니 내 옆에는 이미 관이 놓여 있었습니다. 나를 관 속에 넣고, 종부성사를 할 준비를 하고 있더군요. 여기서 잠깐 가족사 얘기를 하자면, 나의 어머니는 유대인이고 아버지는 그리스정교도, 나는 가톨릭 신자입니다. 어머니가 나를 가톨릭 신자로 만든 건 프랑스가 가톨릭 국가이니 가톨릭 신자가 되는 것이 최소한의 예의라고 생각했기 때문입니다. 그 밖에 다른 이유는 없습니다. 그래서 나는 종부성사를 받았는데, 같은 비행중대 동

---

* (옮긴이) Damas: 이집트 북부 다칼리야 주에 있는 도시.

료의 형제였던 이를만 신부의 모습이 지금도 눈에 선합니다. 그 신부는 종부성사용 자줏빛 제의를 입고 손에 십자가를 든 채 성사를 거행하려고 내게 다가왔습니다. 악마의 출현 같은 그 모습에 질겁해서 그랬는지 격분해서 그랬는지는 모르겠지만, 나는 마지막 힘을 다해 십자고상을 잡아채 그걸로 신부의 머리를 세게 내리쳤죠. 그때 나는 정신착란을 일으키고 있었고, 열이 41도까지 오르고, 사방에서 피가 흘러 수혈을 받고 있었는데, 군의관은 내가 살아난 게 마지막 힘을 다한 그 에너지 폭발 덕이었다고 하더군요. 죽음은 면했지만 앞으로 영원히 비행은 하지 못할 거라는 얘기도 덧붙였습니다. 나로선 전투 조종사 외에 다른 뭐가 된다는 건 생각조차 할 수 없는 일이어서 나와 닮은 카이로의 택시 운전사를 끌어들여 계략을 꾸몄습니다. 아무도 눈치채지 못했습니다. 나는 그 사람의 사진을 받아내 RAF* 카드에 붙였고, 그가 나 대신 검진을 받게 했지

---

* Royal Air Force: 영국 공군.

요. 의사이자 비행중대 동료이고 지금도 살아 있는 베르나르 베르코*의 공모 덕에, 그는 비행에 완벽한 상태라는 판정을 받았습니다. 덕분에 나는 계속 비행을 할 수 있었고, 소속 비행중대와 함께 영국으로 돌아와 두번째 전선에 나섰지요.

나는 적의 공격으로 두세 번 사고를 당했는데, 운명의 장난인지 매번 코를 공격당했습니다. 전에도 이미 한 번 다시 만든 코인데, 기이하게도 결국 세 번이나 다시 만든 거지요. 그래서 나는 30년 동안 코로 숨을 쉬지 못했습니다. 내 코는 제 기능을 할 수 없었지만 영국 공군은 그걸 알아차리지 못했지요. 다른 사람이 대신 신체검사를 받았기에 나는 계속 영국에서 우리 비행기를 타고 저공비행 폭격을 할 수 있었던 겁니다. 그건 대단히 어려운 임무였습니다. 대개 프랑스에 위치한 지상 목표물을 놓치지 않으려

---

* 베르나르 베르코비치Bernard Bercovici: 일명 베르코Bercault, 자유 프랑스군의 공군 소속 로렌 비행중대의 군의관.

고 대낮에 40미터 혹은 50미터 높이로 세 시간가량 저공
비행을 해야 했으니까요.

　　우리는 많은 대원을 잃었습니다. 그러는 동안 나는 밤
마다 글을 썼습니다. 장교 네 명이 함께 쓰는 방에서 첫
소설 『유럽의 교육』을 썼지요. 끔찍이도 추웠는데 잠도 거
의 자지 못했습니다. 내가 새벽 2~3시까지 폴란드 레지스
탕스를 무대로 한 『유럽의 교육』을 쓰는 동안 동료들은 잠
을 잤고, 6시나 7시, 때론 5시 반이면 일어나 임무 수행에
나서야 했습니다. 거의 잠을 자지 못했던 셈이지요. 나는
손으로 먼저 글을 쓴 다음에 두 손가락으로 어설프게 타
자를 쳤습니다. 이 소설은 내가 아직 영국에 있는 동안 영
어로 번역 출간되어 프랑스 해방 전에 큰 성공을 거두었습
니다. 영미권에서 베스트셀러가 되었던 거죠. 구성 방식이
독특한 작품이라 만약 내가 죽었더라면 어쩌면 쪼개져 출
간되었을지도 모릅니다. 소설 속에서 주인공이 하는 이야
기가 여럿이어서 내가 죽고 원고가 조금이라도 남았더라면

그 이야기들은 아마 따로 분리되어 출간되었을 겁니다. 아직 나는 나라는 인물과 혼연일체가 되지 못했습니다. 오직 두 가지 일, 싸우는 일과 글 쓰는 일에 온전히 몰두한 인물 말입니다. 아니, 세 가지 일이군요. 가장 중요한 건 늘 마지막에 얘기하는 법이지요. 나의 어머니가 여자로선 한창 나이인 서른다섯 살 때부터 오직 아들의 미래를 위해 헌신한다는 일념으로 여자로서의 삶을 완전히 포기하고 내게 건 그 희망을 이루는 일 말입니다. 중요한 건 그사이 내내, 다시 말해 『유럽의 교육』이 출간되기 전까지 스위스를 경유하여 계속 어머니의 소식을 전해 받았다는 겁니다. 편지들, 황급히 갈겨쓴 쪽지들, 아주 간단하고 짧은 소식들이 끊이지 않고 도착했지요. 주로 이런 내용들이었습니다. "네가 떠난 건 잘한 일이야. 계속 싸우거라." 그리고 프랑스 역사 속에서 숱한 패배들이 있기 직전에 말해진 문장, 1914~18년, 1940~45년의 그 유명한 역사적인 문장도 있었습니다. "우리가 승리할 것이다."

그렇게 어머니의 소식을 계속 전해 받던 중, 1943년에

드디어 꿈을 이루었다는 느낌이 들더군요. 물론 외교관이나 대사, 아니면 그 비슷한 무엇이 되어 외국에서 프랑스를 대표한다는 실현 불가능한 희망만 빼고 말입니다. 어머니의 바람대로 성공을 거둔 책도 한 권 썼고 적과도 싸웠으니까요. 그리고 아주 어려운 임무를 완수하고 해방무공훈장도 받았습니다. 나는 폭격 사수로 출격했고, 조종은 동료인 아르노 랑제*가 맡았었죠. 우리는 프랑스 상공에서 고사포에 맞았고, 조종사인 그가 눈을 다쳐 앞을 보지 못하는 상황이 벌어졌습니다. 나는 방탄벽으로 분리된 유리 칸막이 속에 있어 조종간을 잡을 수가 없었지요. 그래서 무전기를 통해 목소리로 그를 인도했고, 후미의 기관총 사수와 함께 정보를 주고받으며 그를 비행장으로 안내했습니다. 그러니까 거의 눈먼 조종으로 착륙을 한 셈인데, 그 상황에서 살아 나올 확률은 정말이지 단 1퍼센트도 되지

* Arnaud Langer(1919~1955): 자유 프랑스군의 공군 소속 로렌 비행중대의 전투기 조종사.

않았죠. 이 일이 있고 며칠 뒤 해방무공훈장을 받았습니다만, 그건 단지 내가 1940년의 전쟁에서 살아남은 사람들 중 하나였기 때문이요, 내 동료들과 같은 전쟁을 치렀고, 그들과 똑같이 생사의 기로를 걸었고, 해방군의 일원이었기 때문입니다. 이 일은 분명 내 삶에 가장 깊은 흔적을 남긴 사건이고, 지금도 가장 중요하게 여기는 사건입니다. 다른 무엇을 더 이룬다 해도 나는 이 해방무공훈장에 무엇보다 큰 중요성을 부여하며, 내 삶이 끝날 때까지 앞으로도 그럴 겁니다.

드골 장군이 나를 불러 책 출간을 축하해주더군요. 프랑스 조종사가 영어 번역본으로 소설을 출간해 펭귄 총서에 실리고 큰 성공을 거둔 일은 소규모 자유 프랑스군에는 하나의 사건이었지요. 드골 장군과의 만남은 첫 만남 때보다 훨씬 화기애애했습니다. 앞에서 나는 우리가 1940년 런던에 도착했을 때 다른 무엇보다도 싸우고 싶어 했다고, 모두들 싸우고 싶어 했다고 말했습니다. 그래서 우리는 프

랑스 비행중대가 만들어질 때까지 앞에서 말한 그 참모장
교들과 함께 기다리는 대신 영국 비행중대에 소속된 채 개
별적으로 출격할 수 있게 해달라는 허락을 얻어낼 생각이
었고, 내가 동료들을 대표하여 드골 장군을 만나러 갔었지
요. 드골 장군과의 첫 만남은 아주 고약했습니다. 나는 장
군의 집무실에 도착해 인사며 경례며 필요한 건 모두 다
했습니다. 그러자 장군은 아주 매몰차게 이렇게 말하더군
요. "싸우러 가고 싶다고? 가게나. 하지만 목숨을 내놓는
건 절대 잊지 말게." 물론 그건 아주 냉혹하고 대단히 고
약한 말이었지만 사실 장군은 인정이 많은 사람이었습니
다. 그와 가까이 지내본 사람이라면 누구나 알지요. 인정
많고, 아주 섬세하고, 재치 넘치는 사람이었지만 화가 나
면 그런 면모는 온데간데없이 사라졌습니다. 그러고 나서
는 자신의 말이 너무 심했다고 생각했는지 바로잡고 싶었
던 모양이지만 그렇다고 사과까지 할 사람은 아니었지요.
내가 나가려고 문고리를 잡으려는 순간 장군은 던지듯 이
렇게 말했습니다. "그렇지만 자네한테는 아무 일도 일어나

지 않을 설세. 목숨을 잃는 건 언제나 최고들뿐이니까." 그러니까 그는 내가 무사하기를 바라면서도 내가 최고가 될 수 없을 거라는 말을 해 나를 두 번 죽인 셈입니다.

한데 두번째 만남에서는 나를 아주 따뜻하게 맞아주었습니다. 그 후 그의 생애 마지막 날까지 우리가 친분을 유지했다고 말하면 지나친 말이 될지 모르겠습니다만, 어쨌든 내게 더없는 호의와 친절을 베풀어주신 분입니다. 그는 내가 책을 출간할 때마다 장문의 편지를 보냈는데, 무엇보다 감동적이었던 점은 편지 내용이 아니라 편지 겉봉의 주소를 비서에게 맡기지 않고 본인이 직접 썼다는 것, 편지 봉투에 적힌 주소가 그가 손으로 직접 쓴 필체였다는 것이었습니다. 그 후 나는 그 어떤 프랑스 국가원수에게서도 그런 정중함과 품격 있는 태도는 접해보지 못했습니다. 장군은 나의 어머니와 더불어, 내가 지금까지도 글로써 표현하기 참으로 어려운 깊은 존경심과 애정을 품고 있는 유일한 인물입니다. 나는 드골 장군에 대한 이야기를 글로 쓴 적이 없습니다. 그분이 돌아가셨을 때를 제외하고는 말이지요. 그러나 그를 자주 만나고 보았으며, 아마도 그런 사람이 존재한다는 사실을 아는 것만으로도 내게 큰 힘이 되어 인간의 조건을 받아들일 수 있었던 것 같습니다. 여러분도 아시다시피 오늘날 드골 장군은 프랑스의 전설적인 얼굴입니다. 많은 사람이 제각기 나름의 권위와 이유를 갖고서 인용하고 표방하는 전설적인 인물이지요. 프랑스인들을 하나로 단결시키는 인물이자, 공산당을 포함해 온갖 성향의 당들이 준거로 삼는 인물입니다. 그저 나는 인간적인 차원에서 그를 만나고 알게 되면서, 내가 아직 러시아 골짜기나 폴란드 구석에 있을 당시 어머니가 프랑스에 대해 가르쳐준 그 모든 것을 확인할 수 있었다고만 말하겠습니다. 그는 정말이지 어머니가 내게 전해준 프랑스의 이미지 그 자체였습니다. 어떤 면에서는 나의 어머니가 바로 내가 만난 첫 드골 장군이었다고 할 수도 있습니다.

『유럽의 교육』이 출간되고 나서 나는 대위로 진급했고, 런던에서 공군 참모총장의 부관이 되었고, 작가로 성공했으며 영국 여자와 결혼도 했습니다. 그녀는 유명한 책

『사랑의 험난한 기슭*The Wilder Shores of Love*』* 외에도 다른 책들을 여러 권 썼으며, 내가 여러분께 이런 얘기를 들려주는 지금 이 순간에는 피에르 로티의 전기 출간을 준비하고 있는 작가 레슬리 블랜치**입니다. 그녀와는 20년 전에 이혼했지만 지금도 절친한 친구로 지내고 있죠. 그렇게 내가 공군 경력을 계속 이어갈 생각을 하고 있을 때, 마침내 영국 공군 의무부가 내가 코로 숨을 쉬지 못한다는 사실을 알아차렸습니다. 그래서 나는 당시의 조종사 인력 명단에서 제명되었죠. 그러면서 나는 지난 8년을 보냈고, 대단히 중요하게 여겨온 군대 밖으로 나오게 되었습니다. 오늘날 군대는 지탄만 받지 결코 좋은 소리를 듣지 못하고 있지요. 그건 지극히 당연한 일이라고 할 수 있는데, 다시 한번 앙드레 말로의 문장을 인용하면 "정당한 전쟁은 있으

---

 * 1954년 출간. 프랑스에서는 2005년에 『사랑의 험난한 기슭을 향하여 *Vers les rives sauvages de l'amour*』(Denoël)라는 제목으로 새롭게 번역 출간되었다.
** Lesley Blanch(1904~2007): 1945년부터 1962년까지 로맹 가리의 배우자였다.

나 무고한 군대는 없기" 때문입니다. 그 시절 우리는 다른 역사적 맥락 속에 있었습니다. 이제는 알제리 전쟁과 인도차이나 전쟁도 끝났고, 전쟁에 반대했던 사람들이 전쟁의 기억을 간직하고 있습니다. 군대는 지금 대중 여론 속에서 이미지의 위기를 겪고 있는데, 나도 잘 알고 있습니다. 그러나 내게 군대는 삶의 일부였습니다. 8년 동안이나 군대에 속해 있었으니까요. 군대가 나의 성격과 동지애를 형성해주었고 나치즘과 전체주의에 맞서 싸울 가능성을 열어주었다는 점에서 나는 군대에 많은 빚을 지고 있습니다. 군대의 힘을 빌리지 않고서 어떻게 인간의 실체적 적들을 표상하는 적에 맞서 싸울 수 있을지 모르겠기에 하는 말입니다.

나는 작가가 되어 상당한 부도 누리게 되었지만, 여전히 하나의 틀에 소속되는 데 길이 들어 있었습니다. 전쟁은 아직 끝나지 않았고, 나는 공군 참모부에서 부관으로 계속 일했지요. 그러면서 내 앞날에 대해 고민했습니다. 어머니의 편지는 아주 드물지만 계속 오고 있었죠. 언

제나 스위스를 거쳐서 말입니다. 그러다 상륙작전*과 파리
해방이 있었고, 이어 프랑스 남부 지방이 해방되자 나는 당
시 나의 지휘관이었던 대서양 공군 사령관, 코르니글리옹-
몰리니에 장군**에게서 대단히 특별한 임무를 명받아 니스
행 허락을 얻어냈습니다. 그래서 어머니를 만나려고 니스로
갔습니다. 메르몽 호텔에 도착하고 나서야 나는 지금까지도
친구로 지내는 르네 아지드*** 교수와 그의 부인 실비아, 그
리고 그의 형제 로제 아지드로부터 어머니가 이미 3년 전
에 세상을 뜨셨다는 말을 들었습니다. 어머니가 돌아가시
기 전에 2백여 통의 편지를 써서 스위스에 있는 폴란드 친
구분에게 맡겨두었다는 사실도 알게 되었죠. 어머니는 그
런 식으로, 말하자면 탯줄이 계속 작동하게 해두었던 겁니

---

    \* (옮긴이) 1944년 6월 6일, 연합군이 노르망디에 상륙한 작전.
   \*\* 에두아르 코르니글리옹-몰리니에Édouard Corniglion-Molinier
      (1898~1963): 기자, 정치인, 영화제작자. 1944년에 공군 여단장으로
      임명된 자유 프랑스군 공군 조종사.
\*\*\* René Agid: 로맹 가리의 절친한 친구이자, 그의 부인 실비아와 더불
      어 로맹 가리가 『새벽의 약속』을 헌정한 인물이다.

다. 그러니까 나는 그 시절 실제 계급은 소령이라고 얘기되던 중령 계급장에 훈장까지 잔뜩 달고는 이름난 작가가 되어 니스에 도착했습니다. 프랑스 해방에 기여했다는 이유로 심사도 없이 이루어진 프랑스 외교관 초빙 문서——장차 외무부 장관이 될 조르주 비도가 서명한——까지 받아들고서 말입니다. 그것으로 어머니의 마지막 꿈까지 이룬 셈이지만, 그러나 그건 우연이었습니다. 내가 애써서 이룬 게 아니었습니다. 프랑스 외무부 소속 외교관이 된 것 말입니다. 그렇게 니스에 도착했는데, 내가 전쟁에서 살아남아 레지옹도뇌르 훈장까지 받은 장교가 되었고, 해방군의 일원이자 이름난 작가가 되었을 뿐 아니라, 장차 외국에서 프랑스를 대표할 인물이 된 사실을 전혀 모른 채, 어머니는 이미 3년 전에 돌아가셨다는 사실을 알게 된 겁니다. 어머니와 내가 리투아니아의 어느 초라한 시골구석에 파묻혀 살 때나 바르샤바의 작은 아파트에서 지낼 때만 해도 너무나 허황돼 보이던 꿈들, 어머니가 계획했던 그 모든 일을 내가 이루어낸 사실을 전혀 모른 채 말입니다. 어머니가 들려주신 그 미래의 전설 같은 애기들은 어린아이인 내게도 동화 속에서나 있을 법한 일로 여겨졌었지요.

그러니까 어머니는 돌아가셨습니다. 1941년 말에 세상을 떠나 내가 무엇이 되었는지 전혀 알지 못했습니다.* 그저 당신의 환상일 뿐이었다고 할 수 있을 법한 일, 어떤 면에서는 그저 나와 프랑스에 대한 사랑의 표현일 뿐이었다고 할 수 있을 만한 일이 실현된 것을 전혀 알지 못했지요. 간혹 프랑스의 현실과 대단히 고통스런 대면을 할 때조차도, 특히 비시 정부 시절 때조차도 어머니는 신화적인 차원에서 프랑스에 대해 흠결 없는 이미지를 간직하고 있었습니다. 그때 나는 어머니를 만나리라 기대했던 메르몽 호텔에 들어서면서 정말이지 깊은 충격에 휩싸였습니다. 금방이라도 우울증에 빠질 지경이었고, 몸 상태도 좋지 않아 병이 들고 말았지요. 그 시절엔 신경안정제라는 게 없

---

* 로맹 가리의 어머니 니나는 1941년 2월 16일 위암으로 사망했다.

었지만 결국 나는 병을 이겨냈고, 불가리아 주재 프랑스 대사관의 서기관으로 임명되었습니다.

그즈음 나는 소설 『거대한 옷장』*을 출간했습니다. 나의 문학 이력에 아주 묘한 일이 하나 일어났습니다. 프랑스가 해방되던 해인 1945년 프랑스에서 출간된 『유럽의 교육』은 엄청난 성공을 거두었습니다. 나는 그 책으로 비평가 상을 수상했고, 전 언론의 예찬과 찬사를 듬뿍 받았는데, 그건 무엇보다 내가 신문 1면에 실릴 때 대단히 근사한 효과를 내는 자유 프랑스군의 휘장과 훈장이 잔뜩 달린 검은 전투복을 입고 있었기 때문이고, 또한 내 책이 상을 받아 수십만 부가 팔렸기 때문이고, 마지막으로는 프랑스와 프랑스인들이 사기를 되찾는 데 어떤 이미지가 필요했기 때문이지요. 그때 비평가들은 하나같이 내가 단 한 권의 책의 저자로 그칠 거라고, 두 번 다시 『유럽의 교육』 같은 수준 높은 작품을 쓰지 못할 거라고 결론을 내버렸

---

* *Le Grand Vestiaire*(Gallimard, 1949).

고, 이로써 작가 로맹 가리를 매장해버렸지요. 1946년에는 『튤립』*을 썼는데, 나는 20만 부를 넘어 50만 부 이상 판매한 작가가 되었고, 오늘날 『튤립』은 내가 쓴 최고의 소설 중 하나로 인정받고 있습니다. 『거대한 옷장』은 전후 프랑스에 관해 쓴, 시대를 앞서간 책이었습니다. 1940년대의 형성 과정과 검은 점퍼들, 얼마 뒤엔 검은 점퍼라고 불렸지만 요즘은 불량배라고 불리는 사람들을 다룬 책이니까요. 비평계는 더 이상 나에 대해 별 언급을 하지 않았지요. 나는 또 『낮의 빛깔들』**을 썼는데, 이 책은 9개월 전 『서정적 광대들』***이라는 제목으로 재출간했습니다. 그리고 또 코끼리와 자연보호, 오늘날의 표현대로라면 환경보호를 위해 『하늘의 뿌리』를 썼습니다. 이 작품은 사상 최초의 생태학 소설이지요.

이 책은 아주 어렵게 쓴 작품입니다. 외교관 직무를

---

* *Tulipe*(Calmann-Lévy, 1946).
** *Les Couleurs du jour*(Gallimard, 1952).
*** *Les Clowns lyriques*(Gallimard, 1979).

수행하느라 글 쓸 시간이 거의 없었기 때문입니다. 1956년에 『하늘의 뿌리』가 출간된 이후 사람들 인식의 변화 과정을 보여주는 한 예를 말씀드려야겠군요. 그즈음 어느 날 나는 『프랑스 수아르』지 대표 피에르 라자레프 씨의 집 식탁에 앉아 있었습니다. 그 자리엔 파리의 명사들이 스무 명가량 있었는데, 내 소설 『하늘의 뿌리』에 관해 이야기하면서 누군가가 "생태학"이라는 말을 거론했습니다. 지식인이든 파리 명사든, 그 스무 명가량의 엘리트 가운데 "생태학"이라는 말의 의미를 아는 사람은 단 여섯 명뿐이었습니다. 그때가 1956년이었는데, 내가 그다지 좋아하지 않는 말이지만, 소위 엘리트라고 하는 열여섯 명의 인사는 "생태학"이라는 말의 의미를 몰랐던 겁니다. 『하늘의 뿌리』는 엄청난 성공을 거두었습니다. 코끼리를 보호하기 위해 이 책을 썼습니다만 사실 허사였지요. 지금도 연간 7만 마리의 코끼리가 학살당하고 있는데, 거물 상아 밀매상 중에는, 아직도 그런지는 모르지만 아프리카 국가 지도자의 부인도 끼어 있었습니다. 매년 5천 톤의 상아가 이곳으로 유입되지요. 이 책으로 공쿠르 상을 받았습니다만 『하늘의 뿌리』는 환경보호를 뛰어넘는 책입니다. 내게 코끼리는 곧 인권이기도 했어요. 서툴고, 거추장스럽고, 성가셔서 우리가 어떻게 처리해야 할지 모르는 존재, 진보에 방해가 되는 존재——진보가 곧 문화와 동일시되니까요——, 전신주들을 쓰러뜨리는 등 그저 쓸모없게만 보이는 존재, 하지만 무슨 수를 써서라도 보호해야 하는 그런 존재였습니다. 그러니까 나는 간접적으로 코끼리를 인권의 상징적·우의적인 가치로 만든 겁니다. 그러나 내가 그 무엇보다 요구하고 싶은 것——인권은 그 후 온갖 단체가 옹호하고 나섰기에 하는 말입니다만——, 이 책으로 내가 거리낌 없이 요구하고 싶은 것, 그것은 바로 자연보호와 환경보호에 관한 중요한 소설을 쓴 최초의 작가라는 지위입니다. 소설의 관점에서 볼 때 나는 프랑스 최초의 생태주의자였습니다. 제 자랑처럼 보여도 어쩔 수 없습니다만, 나는 내가 그런 자격을 주장할 만하다고 생각하며, 또 자긍심을 느낍니다. 그때만 해도 프랑스인들의 관심사에서 자연은 맨 뒷자리

를 차지하고 있었으니까요. 어쨌든 나는 공쿠르 상을 받았

고, 외교관 직무로 되돌아갔습니다. 그때 내가 맡았던 직

책은 볼리비아 주재 프랑스 대리공사였습니다.

# 3
# 외교계에서 영화계로

나는 1945년부터 시작해 17년가량 외교관직에 있었습니다. 그저 평범하기만 한 그 이력의 궤적들을 일일이 다시 그리지는 않겠습니다. 불가리아에서 이등서기관으로 시작해 파리 주재 동유럽 공사 담당 유럽국장의 보좌관, 베른 대사관의 일등서기관이자 참사관, 유엔 대표단 대변인으로 일했습니다. 그 뒤 런던에서 잠깐 체류한 뒤, 내가 맡은 유일한 영사직인 로스앤젤레스 주재 프랑스 총영사로 일했고, 볼리비아 주재 대리공사직도 맡았지요. 떠오르는 대로 늘어놓은 이 기억들 가운데 몇 가지, 재밌거나 일반적이지 않은 특이한 일화 몇 가지만 얘기하겠습니다. 첫번

째 경험은 불가리아에서 겪은 일인데, 당시 그곳은 공산
주의 체제와 군주제가 공존하고 있었습니다. 군주제와 섭
정자문회의가 아직 남아 있었고, 전설적인 디미트로프*가
당수로 있는 공산당이 권력을 장악하고 있었지요. 그는 독
일 국회의사당 화재 소송의 일급 피고인들 중 한 사람으로
용기 있는 행동을 보여준 인물이었습니다. 한 나라가, 한
국가가 사이비 민주주의 군주제에서 스탈린식 전체주의 독
재 체제로 넘어가는 과정을 지켜본다는 건 흥미로우면서
도 참담한 일이었습니다. 그 시절 사람들은 한창 스탈린에
빠져 있었고, 나는 거기서 친구 하나를 잃었습니다. 알리
앙스 프랑세즈의 원장이었던 페트코프**인데, 그는 당시 스
탈린의 방식에 따라 민중의 적으로 몰려 교수형을 당했습
니다. 게다가 당시의 거물급 공산주의자 코스토프 역시 그

---

 * 게오르기 미하일로프 디미트로프Georgi Mikhailov Dimitrov
   (1882~1949).
** 니콜라 페트코프Nicolas Petkov(1893~1947): 불가리아 농업보호연맹
   회장이자 알리앙스 프랑세즈 원장.

의 뒤를 이어 교수형에 처해졌지요.

나의 상관은 자유 프랑스군 출신이었습니다. 고인이 된 자크-에밀 파리 공사(公使)입니다. 불가리아에서 지낸 2년 동안 나는 아주 흥미롭고 특이한 일을 하나 경험했습니다. 젊은 외교관들에게 교훈이 될 만한 일이죠. 말하자면 내가 협박의 대상이 된 사건인데, 그들은 나를 간첩으로 포섭하려 했던 겁니다. 이제는 외교부 일에서 물러났으니 아주 솔직하게 말할 수 있겠군요. 그때 나는 웬 젊은 여자를 만났는데, 흔히 하는 말로 그녀의 애인이 되었습니다. 정확히 말하면 그녀와 그저 잠자리를 한 것뿐이니 결코 같은 말은 아니지요. 어느 화창한 날, 소피아 거리에서 두 남자가 나를 붙잡더니 이렇게 말하더군요. "로맹 가리 씨 되십니까? ──네. ──당신이 관련된 사진이 있어 돌려드리려고요." 그러곤 내가 문제의 젊은 여자와 발가벗고 있는 사진을 보여주더군요. 여러분이 어렵잖게 상상할 수 있는 자세로 여자도 발가벗고 있었습니다. 나는 말했습니다. "아, 네, 그렇군요. 그 사진들을 돌려주시지요." 그들은 내게 사진을 건네며 말했습니다. "술 한잔하실까요?" 그래서 우리는 어느 선술집으로 갔습니다. 불가리아식 선술집이었습니다. 그들이 내게 말하더군요. "물론 이 사진들의 필름은 우리가 회수할 수 있을 겁니다. 하지만 그 대신 선생도 우리에게 도움을 좀 주셔야겠습니다." 그래서 내가 무슨 도움이냐고 묻자, 그들은 프랑스 대사관의 암호를 넘겨달라고 요구하더군요. 직접적인 협박 시도였지요. 협조하지 않으면 여러분도 잘 아실 만한 자세를 취한 내 사진들을 공개하겠다고 말하더군요…… 당시는 내가 공군에서 퇴역한 지 얼마 되지 않았을 때입니다. 군대에서 나는 아주 혹독한 일들을 겪었었죠. 이 방송을 들으시는 분들은 아시겠지만 나는 규율이 아주 엄격한 학교에서 교육받았고 온갖 폭력을 경험했습니다. 그런 내가 호락호락 굴복할 리는 없지요. 나는 그자들에게 이렇게 말했습니다. "이보시오들, 아마도 말이 잘 통할 것 같은데, 내가 한 가지 제안을 하리다. 이 사진들은(문제의 여자가 경찰 끄나풀이었다는 건 말할 필요도 없겠지요) 아마도 막판에 찍은 것 같군요. 내가 무슨

말을 하려는 건지 아시겠습니까? 사실 이 사진 속의 나
는 진짜 별로네요. 남성미 차원에서 정말이지 볼품이 없군
요. 이 사진을 뿌리면 아마 사람들은 이 상황이 막판인 줄
모르고 시작할 때 찍은 거라고 생각할 겁니다. 그러면 외
국에서 프랑스를 대표하는 사람으로서 이런 일에서조차도
내가 프랑스인의 이미지를 제대로 지켜내지 못한다고 생각
할 겁니다. 그러니 우리 잘 좀 합의해봅시다. 내게 다시 한
번 기회를 주시오. 다른 젊은 여자를 고릅시다. 기왕이면
당신네 내무부 장관의 딸이면 더 좋겠군요(그녀는 눈부시
게 아름다운 금발의 여자였습니다). 전부 다시 시작합시다.
아예 방 안에서 내 사진을 제대로 한번 찍어보세요. 저 사
진들은 내 체면을 구깁니다. 실력 발휘를 제대로 못했어요.
내 말에 동의하십니까?" 그들과의 대화는 러시아어로 이
루어졌습니다. 아시다시피 그들은 어떤 면에서 대단히 청
교도적인 사람들입니다. 사진을 뿌리겠다고 협박하면 내가
굴복할 거라고 믿은 것도 그래서이지요. 내 말에 그들은
얼굴이 완전히 일그러져 말까지 더듬더군요. 뭐라 대답해

야 할지 몰라 허둥댔습니다. 그래서 내가 말했습니다. "꼭 좀 부탁드립니다. 이번엔 제대로 멋지게 포즈를 취할 수 있게 다시 찍읍시다. 제대로 실력 발휘를 해보겠습니다. 아시다시피 이 나이에 외국에서 프랑스를 대표하는 사람으로, 나름대로 지켜내야 할 평판이란 게 있지 않겠습니까." 그들은 몇 마디 더듬거리더니 일어나서 가버렸습니다. 계산서를 남겨둔 채 말입니다.

나는 프랑스 대사관으로 돌아와 자크-에밀 파리 공사의 책상 위에 문제의 사진들을 놓으며 말했습니다. "이것 좀 보시지요." 자크-에밀은 사진을 보더니 껄껄 웃으며 말했습니다. "전투기 조종사 출신인 자넨 이것보단 나을 줄 알았는데." 이 사건은 이걸로 종결되었습니다. 아주 많은 외교관이 이런 함정에 빠져들곤 했지요. 이성애자들뿐만 아니라 동성애자들도 이런 협박에 많이들 굴복했습니다. 그 뒤로 그 사진들에 대해 더 이상 아무 얘기도 듣지 못했습니다. 그 사진들이 고문서실 어딘가에 있을 텐데, 그 필름을 되찾고 싶군요. 향수 어린 사진들이어서 말이지요.

이런 일이 한 번 더 있었습니다. 내가 미국 주재 유엔 프랑스 대변인으로 임명되었을 때의 일입니다. 안전보장이 사회에서 대단히 중요한 회의가 진행되던 중이었지요. 동료인 소련 대변인 티토프 씨라는 사람이 있었는데, 내가 다른 생각에 몰두해 있을 때 느닷없이 묻더군요. "영국이 독일 연방에 전투기를 몇 대나 팔아넘겼는지 말해보게." 기습적으로 물으면 내가 무심코 말할 거라고 생각한 겁니다. 물론 그때 내가 말해줬다면 그 후 그는 더 많은 정보를 넘겨달라고 협박했을 테죠…… 사람을 어떤 식으로 엮는지 아시겠지요. 이 대화도 러시아어로 이루어졌습니다. 러시아어를 아는 청취자 분들께는 용서를 구합니다만, 나는 그의 눈을 똑바로 쳐다보며 이렇게 대답했지요. "[러시아어 문장]." 러시아어를 아는 사람이라면 누구나 아는 대단히 모욕적인 말이었습니다. 시쳇말로 나는 그에게 똥이나 싸러 가라고 한 거죠. 그 후로는 그런 말을 듣지 못했습니다. 이 일화는 『밤은 고요하리라』에서도 실명을 거론하며 이야기했습니다. 그러나 별 효과는 없었어요. 여러분도 보셨을 테지만 이미 3년 전에 티토프 씨가 여전히 같은 이름을 쓰며 소련 간첩 수장으로 활동하다가 노르웨이에서 쫓겨났다는 사실이 신문에 실렸으니까요.

나의 외교관 경력에서 가장 인상에 남는 기간은—— 무엇보다 베른과 유엔에서 대사로 모신, 지금은 고인이 되신 앙리 오프노*에 대한 애정 때문입니다만—— 유엔 시절이었습니다. 베른에서 나는 너무 무료한 나머지 비도 장관에게 공문을 한 통 보냈습니다. "오늘 기상청은 3일 뒤 베른에 눈이 내릴 거라고 예고했습니다. 이 정보에 담긴 모든 결과를 도출하는 수고는 장관님께서 하시기 바랍니다." 그러자 장관은 이렇게 말했지요. "이 사람 미쳤군. 그를 미친 사람들이 모여 있는 곳으로 보내시오." 그가 생각하기에 미

---

* Henri Hoppenot(1891~1977): 외교관으로 1945년부터 1952년까지 베른 주재 프랑스 대사를 역임했고, 그 뒤 1955년까지 유엔 안전보장이사회의 프랑스 대표를 맡았다.

친 사람들이 모여 있는 곳은 바로 유엔이었고, 그래서 나는 유엔 프랑스 대표단 대변인으로 발령이 났습니다. 그곳에서 겪은 일은 잊지 못할 경험이었습니다. 그 경험 덕에 나는 포스코 시니발디라는 가명으로 책을 한 권 출간했지요. 『비둘기를 안은 남자』*는 유엔을 풍자한 작품입니다. 유엔에서 나는 처음으로 위선과 거짓, 변명거리 찾기 등, 말하자면 온갖 비극적인 문제를 가진 세상의 현실과 우리가 그 문제들에 대해 제시하는 엉터리 해결책들 사이의 완벽한 대비를 처음으로 접하게 되었지요. 유엔을 비판하거나 단죄하려는 게 아닙니다. 그 조직원들은 자신들이 봉사하는 대의에 헌신적이며 조직이 원하는 일을 하지요. 문제는 파란색과 흰색의 조화로운 유엔기 아래 위장된 다양한 의사 표명과 분석들입니다. 나는 그 수치스런 짓거리와 이중 놀음──조지 오웰이 『1984』에서 썼던 이중 화법double

---

\* Fosco Sinibaldi, *L'Homme à la colombe*(Gallimard, 1958).

speech* 말입니다——에서 나 자신도 배제하지 않습니다. 그 죄인들의 범주에서 나를 빼놓지 않습니다.

나는 텔레비전과 라디오, 언론 앞에서 유엔 주재 프랑스 대표단을 대변했습니다. 이곳에서 인간이 어떤 모순된 상황에 처할 수 있는지 한 가지 예를 들어보지요. 당시는 유럽군 창설 계획을 채택한 시기였는데 프랑스는 튀니지와 모로코에서 지배적 지위를 유지하고 있었습니다. 알제리에서는 말할 것도 없었고요. 프랑스가 지중해의 깊은 바다를 지키려면 일종의 배후지가 필요하고, 자국이 동조하는 유럽군을 지지하기 위해 그 영토들이 필요하다고 주장하면서 말입니다. 그래서 나는 프랑스 대표단 대변인으로서 이 대의를 옹호했습니다. 대표단에 속한 나는 사견을 표명할 수가 없고 프랑스 정부의 견해를 표명해야 했지요. 그런데 얼마 뒤 망데스 프랑스 내각이 정권을 잡자 국회는 유

---

* (옮긴이) 조지 오웰이 『1984』에서 쓴 "전쟁은 평화" "자유는 노예" 등의 표현에서 생겨난 용어로, 말을 둘러대거나 모순된 표현을 하는 화법을 가리킨다.

럽군 문제를 묻어버렸습니다. 유럽군은 생각조차 할 수 없는 일이 된 것이죠. 앞서 나는 유럽군이 필요하다고 주장했었는데, 같은 입으로 48시간 만에 왜 유럽군을 만들지 말아야 하며, 왜 유럽군이 프랑스가 받아들이기 힘든 개념인지를 설명해야 하는 입장에 놓인 겁니다. 나는 나 자신을 납득시킬 만한 온갖 변명거리를 찾아냈고, 그 변명들을 다른 대표들에게, 그리고 그들을 통해 유엔 국가들에게 내놓았습니다. 비난 대상에서 나를 예외로 두지 않기에 하는 말입니다. 소송에서 변호인은 피고가 죄가 있건 없건 변호해야 할 의무가 있듯이 나는 수호자로서 프랑스의 변호인 역할을 맡는다고 생각했지요. 그렇지만 얼마나 신경이 곤두섰던지 어느 순간 내가 이상해졌다는 걸 깨달았습니다.

어떤 일이 벌어졌는지 한 가지 예를 들어보겠습니다. 나 자신이 느끼는 것과 말해야 하는 것 사이에서 이념적으로 모순된 상황에 줄곧 처하다 보니 나도 모르게 내내 압박을, 스트레스를 받고 있었던 겁니다. 기억나는군요. 어느 날, 인터뷰에서 CBS의 해설자 래리 레수어가 내게 "프

랑스에서는 아이젠하워 대통령을 어떻게 생각합니까?"라
고 물었습니다. 나는 대답했고, 대답을 했다고 생각하고서
집으로 돌아왔지요. 내 말은 대표단 사무실로 돌아왔다
는 얘깁니다. 그런데 대사께서 말씀하시더군요. "로맹, 무
슨 일인가? 자네가 뭔가 말을 하려는 듯하다가 입을 벌린
채 끝까지 가만히 있는 바람에 방송을 편집해버리던데. 대
체 무슨 일인가? 그러다 얼마 뒤 엉뚱한 얘기를 하더라고."
나는 마음속으로, 머릿속으로 했던 말을 돌이켜보았고, 래
리 레수어에게도 물어보고 나서야 그가 내게 "프랑스에서
는 아이젠하워 대통령을 어떻게 생각합니까?"라고 물었을
때 내가 대답하려고 했던 말이 떠올랐습니다. 여러분도 잘
아시다시피 아이젠하워 대통령은 골프를 몹시 좋아해서
골프를 많이 쳤습니다. 그래서 나는 이렇게 대답하려고 했
던 거죠. "우리는 아이젠하워 대통령을 골프 역사상 가장
위대한 대통령이라고 생각합니다"라고요. 이 말을 다 내뱉
기 직전에 보호 본능이 나를 멈춰 세운 겁니다. "우리는 아
이젠하워 대통령이……" 여기까지 말하곤 그대로 굳어버

렸지요. 이 사건은 편집으로 정리될 수 있었습니다. 어쩌면 여러분이 내가 지금 하고 있는 얘기를 편집해서 정리할 수 있듯이 말입니다. 그런데 좀더 나중에 또 다른 사고가 발생했지요. 이번엔 이중 화법 때문에 내가 얼마나 신경쇠약 상태에 빠졌었는지를 깨닫게 해준, 훨씬 더 심각한 사고였습니다.

나는 인터뷰를 하루에 두 번씩도 하곤 했습니다. 어느 라디오 방송 인터뷰에서 별다른 거북함을 느끼지 않고 편안하게 말한 뒤 방송실을 나와 안전보장이사회 사무실에서 오프노를 만났는데, 그가 이렇게 말하더군요. "이봐, 로맹, 자네 완전히 미쳤더군. 그 이야기는 대체 뭔가?" 나는 말했지요. "무슨 소립니까?" 내가 말한 담화 내용은 아마도 과테말라에서 아르벤스* 정부를 전복시킨 CIA의 공작에 관한 것이었던 듯한데 확실한지는 잘 모르겠습니다. 이

---

* 하코보 아르벤스 구스만Jacobo Arbenz Guzmán(1913~1971): 1951년부터 1954년까지 재임한 과테말라 대통령으로 쿠데타로 타도되었다.

문제에 관해 영어로 대화를 나누던 도중 내가 말을 멈추고 느닷없이 프랑스어로 이렇게 말했다더군요. "만약 당신 이름이 요 드 푸알이고…… 당신 이름이 바르 드 바티뇰이고…… 당신이 공놀이를 한다면…… 당신에게 묻겠는데, 불르바르 드 바티뇰은 요즘 어떻게 지내죠?" 나는 완전히 횡설수설 헛소리를 했던 겁니다. 마치 누군가가 스파게티 접시를 집어 아무 생각 없이 옆 사람 머리에 쏟듯이, 종종 터무니없고 전혀 예기치 못한 방식으로 표출되는 그런 극도의 신경 강박 상태에 도달해 있었던 거지요. 즉각 나는 그 직무를 그만두겠다고 요청했고, 물론 아주 쉽게 승낙을 얻었습니다. 내 후임은 두 달 만에 우울증 발작을 일으켜 들것에 실려 나갔다고 하더군요. 나는 3년이나 견뎠으니 나의 신경계가 그나마 괜찮았다는 증거지요. 유엔에서 보낸 세월은 무척 힘들었습니다.

지금은 절판되어 찾을 수가 없습니다만, 그즈음 나는 책 한 권을 썼습니다. 포스코 시니발디라는 가명으로 출간

한 『비둘기를 안은 남자』입니다. 너무 냉소적이고 너무 가
볍고 너무 희극적인 작품이라 재출간하지는 않을 생각입니
다. 지금은 사정이 훨씬 더 비극적으로 변했지요. 오늘날
엔 유엔에 대해 언급조차 할 수 없습니다. 볼테르의 방식,
그저 냉소적인 방식으로도 말입니다. 그때보다 훨씬 더 비
극적인 상황이 되었습니다. 유엔 근무를 그만두면서 나는
정상적으로 경력을 마쳤습니다. 그 후론 자유 시간을 모
두 글쓰기에 바쳤고, 계속 작품을 썼습니다. 이 시기에『죄
지은 머리』*『낮의 빛깔들』『별을 먹는 사람들』**을 썼지요.
런던으로 발령이 나긴 했지만 불행히도 그곳에 머물 수는
없었습니다. 런던은 내가 매우 좋아하는 도시였지만 그곳
에 머물 순 없었지요. 내가 아주 존경했던 대단히 훌륭한
대사께서 내 단편소설 속 인물을 자기 자신이라고 생각했

---

　* *La Tête coupable*(Gallimard, 1968): 3부작『형제 대양Frère Océan』
　　의 세번째 권.
** *Les Mangeurs d'étoiles*(Gallimard, 1966): 영어로 쓰어졌고, 1961년
　　런던에서『탤런트 스카우트*The Talent Scout*』라는 제목으로 먼저 출간
　　되었다.

기 때문입니다. 사실 나는 그를 전혀 알지 못했고, 소설은 그저 어느 대사가 동성애자의 삶을 발견하게 되는 과정을 그린 단편인데, 결코 부정적인 의도로 쓴 책이 아니었어요. 진심으로 말하건대 동성애자들을 차별하려는 의도도 전혀 없었고, 그저 그런 주제가 내 단편과 잘 맞아서 쓴 것뿐입니다. 한 남자가 자신의 내밀한 정체성을 문득 깨닫게 된다는, 내가 노린 극적 효과를 연출해내기에 적합해서 말입니다. 대사는 이런저런 이유로 그 등장인물의 모델이 자기 자신이라고 생각했는데, 하필이면 소설 속 주인공과 실제 대사의 자녀 수가 같았고, 단편 속 인물이 프랑스 대사는 아니었지만 작품에 등장하는 직책 한두 개가 우연히도 그 대사의 직책과 일치했던 겁니다. 그래서 그는 내게 직무를 떠나달라고 부탁하더군요. 그래서 나는 떠났습니다. 결국 그분 덕에——나중에 그에게 감사 인사를 전하기도 했지요——나는 긴 휴가를 얻어 『하늘의 뿌리』를 쓸 수 있었고, 공쿠르 상도 받게 된 셈입니다.

그뒤 나는 로스앤젤레스 총영사로 임명되었는데, 그

전에 몇 가지 직책과 직무를 거쳤습니다. 그중 파리 주재 유럽국장의 보좌관직이 가장 흥미로운 일이었던 것 같습니다. 동유럽 문제, 다시 말해 인민민주주의와 공산주의 문제들을 다루는 일이었는데, 이때 겪은 일이 얼마나 놀랍던지 그 뒤론 소련이 기도한 어떤 국제적 행동에도 놀라지 않게 되었습니다. 오히려 나는 소련의 부다페스트 침공에 대해 세계가 놀라는 걸 보고 어리둥절했고, 체코슬로바키아 쿠데타 때 세상 사람들이 놀라는 것도 나로서는 의아스럽기만 했습니다. 철저하게 이념에 사로잡힌 사람들에게서 다른 어떤 행동을 기대할 수 있다는 건지 정말 이해가 되지 않았지요. 그러고 나서는 로스앤젤레스 총영사로 발령이 났습니다. 물론 대단히 유쾌한 직무였지요.

나는 1956년 『하늘의 뿌리』로 공쿠르 상을 받기 몇 달 전에 할리우드에 도착해 1960년 말까지 머물렀습니다. 사회학적 관점에서 당시 그곳의 풍경은 오늘날과는 사뭇 달랐습니다. 아직 영화계 대스타들에 대한 숭배가 만연했고, 언론 홍보를 이용해 대스타들을 양산하는 풍조가 있었는데, 나는 그런 모든 것과 맞닥뜨렸습니다. 그 당시 나는 당대 최고의 미녀들을 만났습니다. 멀찌감치 떨어져서, 그러니까 내 말은 적어도 테이블 옆자리에서 보았다는 얘깁니다. 에바 가드너, 로잘린드 러셀, 클로데트 콜베르, 올리비아 드 하빌랜드 등의 스타들 말입니다. 할리우드의 삶이 내게는 비현실적인 동시에 현실적이었다고 말해야겠군요. 현실적이었다는 건 내가 관찰자이자 소설가로서 삶의 의미를 포착하기 위해 주변의 비현실을 이용했다는 뜻에서 하는 말이고, 비현실적이라는 건 할리우드라는 이 경이로운 꿈 제작소 한가운데에 있으면서 그 꿈들에 휩쓸리지 않기란 참으로 어려운 일이라는 뜻에서 하는 말입니다. 나는 총영사였기에 유혹들에서 비켜나 있었고, 그곳 사람들의 직업적인 삶에 섞이지 않을 수 있었지요. 훗날 내가 작가이자 시나리오 작가로서 할리우드에 돌아오게 될 줄은 짐작조차 하지 못했습니다.

내가 느끼고 있던 감탄과 완전히 모순되는 기억들이

있습니다. 내가 아주 오랫동안 예찬했고, 지금까지도 누구보다 예찬해온 사람은 그루초 막스*입니다. 그는 작가인 내게 영향을 미친 인물이지요. 『서정적 광대들』속에, 라 마른이라는 인물과 니스 카니발 장면, 그 밖의 다른 장면들에서 내가 표현하려고 한 것은 익살이었다고 할 수 있는데, 내게 영감을 준 건 막스 형제, 특히 그루초 막스입니다. 어느날 나는 정식으로 초대를 받아 그루초 막스 집을 방문하게 됐습니다. 일상에서의 그는 화면에서 보이는 이미지와 완전히 딴판이었습니다. 그 역시 다른 모든 할리우드 사람들처럼 이미지를 가꾸는 사람이었지만 말입니다. 그의 초대를 받고 나는 아주 감격해서 존경심을 한껏 품고 그의 집에 도착했지요. 위대한 희극배우들은 자신들이 무슨 말을 해도 사람들이 파블로프의 개처럼 반사적으로 웃는 걸 못 견뎌하지요. 그래서 그는 말하자면 공격적인 방식으

---

* (옮긴이) Groucho Marx: 1910년대에 데뷔해 1950년대까지 영화, TV, 연극 무대에서 종횡무진 활약한 미국의 형제 희극배우 막스 브라더스(치코, 하포, 그루초, 제포) 중 한 명.

로 나를 골려주기로, 좀더 정확히 말하면 내가 그에 대해 품고 있을 바로 그 이미지를 조롱하기로 마음먹었던 모양입니다. 내게 앉으라고 하고는 그가 어떻게 했는지 아십니까? 내게 올리브를 권하며 말했습니다. **"올리브 하나 드시겠습니까? 물론 제 아내 올리브가 아니라 이 올리브 말입니다."** 정말이지 이보다 더 멍청한 농담도 없을 겁니다. 그의 부인 이름이 진짜 올리브였는지도 나는 전혀 모릅니다. 모든 대화가 19세기의 조잡한 병영(兵營) 희극들에서조차 하지 않을 형편없이 낮은 수준의 농담으로 흘러갔는데, 그는 일부러 그런 공격으로 내가 진짜 어떤 사람인지 보려고 했던 거지요. 나는 웃지 않았습니다. 그의 농담을 그저 무덤덤하게 받아들였을 뿐, 그가 예상한 반응, 그가 멍청한 농담을 하고 내가 웃는 식의 반응을 보이지 않았습니다. 그제야 그는 나를 친구로 받아들였습니다. 어느 날 그가 공연 초연에 초대했는데, 그때 그루초 막스의 진면목이 불현듯 드러나더군요. 그때는 할리우드 공연 초연 날이면 사람들이 수천 명씩 거리에 몰려들 때였습니다. 그가 입장하려고 지나갈 때 군중 가운데 누군가가 그에게 외쳤지요. "그루초, 당신 시가는 어쩌고요?" 언제나 시가를 물고 있는 그의 모습을 보아서 그런 거지요. 그러자 그루초가 나를 돌아보며 이렇게 말하더군요. **"저 인간들은 도무지 좋아할 수가 없어요."**

그루초 막스의 유머는 내게 아주 중요합니다. 일반적인 모든 유머도 그렇지만 말입니다. 유머는 무기 없는 사람들의 순결한 무기이기 때문입니다. 유머는 우리에게 닥친 고통스런 현실을 누그러뜨릴 때 우리가 행하는 일종의 평화적이고 수동적인 혁명입니다. 이를테면 게토에서 탄생한 유대인들의 유머가 그렇습니다. 그들은 어떤 비극적 웃음 외에 다른 방어 무기를 갖지 못한 사람들이었습니다. 유대 유머들 중에서 매번 성공을 거두는 가장 잘 알려진 농담 하나를 소개하죠. 유대인 박해의 희생양이 되어 심장 쪽에 칼을 맞은 한 유대인을 발견하고 구해주려는 사람이 유대인에게 묻습니다. "아프세요?" 그러자 유대인이 대답합니다. **"웃을 때만요."** 나중에 이 유머에 인디언들, 아메리카 인디언들의 양념이 가미되었지만 그 내력을 더듬어보니 게토에서 생겨난 유머가 맞더군요. 이 유머는 종종 대단히 공격적인 형태를 취합니다. 막스 형제의 유머는 공격적인 유머입니다. 말하자면 그것은 일종의 반격, 유머라는 순결한 무기를 쓰는 전투 같은 것이지요. 영국인들에게서 유머는 좀더 평화적이고, 잔잔하고, 신사적인 형태로 나타납니다만, 거기서도 역시 강력한 힘을 발휘하죠. 그리고 유대인들 덕분에 유머는 미국에서, 뉴욕의 한 위대한 문학 경향에서 그 신랄한 형태, 그 비극적인 형태, 자기방어 무기 같은 형태를 되찾게 되는데, 바로 이 문학 경향에서 노벨문학상 수상자가 두 명이나 나왔습니다. 먼저 솔 벨로*가 노벨상을 받았고, 뒤이어 싱어**가 받았지요. 이 경향을

---

* (옮긴이) Saul Bellow(1915~2005): 러시아 유대인 이민자 후손으로 캐나다에서 출생했고 미국에서 사망한 작가. 전미 도서상을 세 번 수상했고, 1976년 『험볼트의 선물』로 퓰리처 상을, 그리고 같은 해 노벨문학상을 수상했다.

** (옮긴이) 아이작 바셰비스 싱어Isaac Bashevis Singer(1902~1991): 폴란드 유대인 태생으로 미국으로 귀화한 작가. 유대인들의 역사를 토대로 이디시어로 글을 썼으며, 루이 람메드 상을 두 번 수상했고, 1974

대표하는 작가는 아주 많습니다. 맬러머드, 브루스 제이 프리드먼,* 그리고 『포트노이 씨의 불평』**의 저자 필립 로스도 빼놓을 수 없지요. 이 유머는 미국 소설에, 그리고 미국 영화에 엄청난 기여를 했습니다. 막스 형제와 찰리 채플린, 그리고 이미 고인이 된 필즈가 아니라 내가 알았던 W. C. 필즈까지 많은 사람이 그 영향을 받았습니다.

할리우드 사람들의 실상과 스크린에 비친 현실, 즉 그들의 영화화된 현실을 보는 것이 내게는 신기한 경험이었습니다. 할리우드에서 만들어진 대스타가 자신의 본모습을 대중에게 보여 위험을 자초하는 일이 없도록 얼마나 조심스레 주변을 에워싸는지를 보는 것도 대단히 흥미로운 일이었지요. 대스타의 실체가 폭로되는 것을 막고, 저

---

년에는 전미 도서상을, 1978년에는 노벨문학상을 수상했다.

 * 버나드 맬러머드Bernard Malamud(1914~1986), 브루스 제이 프리드먼Bruce Jay Friedman(1930~   ).

** 필립 로스Philip Roth(1933~   ), 『포트노이 씨의 불평Portnoy's Complaint』(Random House, 1969).

들이 만들어놓은 이미지를 깨뜨리는 모습이 들통나는 것을 막는 게 주된 임무인 사람들이 대스타를 에워싸고 있었습니다. 그러나 그런 분위기도 이미 저물어가는 무렵이었고, 그사이 나는 완전히 그런 세계 바깥에 있었습니다. 어느 면에서 나는 외부에서 몰래 훔쳐보는 구경꾼이었습니다. 가택 침입을 하듯 줄곧 내게 불쑥불쑥 제안이 들어오긴 했지만 내가 영화계와 할 수 있는 일은 아무것도 없었습니다. 한 가지 예를 들어보지요. 훗날 고인이 된 제작자 월터 웽거—그는 아내 조안 베넷의 연인에게 권총을 쏘아 부상을 입힌 것으로도 유명하지요—가 소규모 영화 「클레오파트라」를 준비하면서 내게 카이사르 역을 맡아달라고 제안했습니다. 1백만 달러로 촬영될 뻔한 이 영화는 결국 2천만 달러를 들여 로마에서 촬영된 재녁의 「클레오파트라」*로 둔갑해버렸지요. 여러분도 잘 아시는 엘리자베

---

* 리처드 버튼과 엘리자베스 테일러가 출연하고, 조지프 L. 만키에비치가 감독하고, 대릴 F. 재녁이 제작한 1963년 미국 영화.

스 테일러와 리처드 버튼이 출연한 영화 말입니다. 월터 웽거는 나에게 카이사르 역을 맡아달라는 제안을 하려고 프랑스 총영사관으로 직접 찾아오기까지 했었지요. 나중에 「하늘의 뿌리」*를 촬영할 때도 내게 모렐 역할을 맡아달라는 제안이 들어왔습니다. 그곳 사람들은 누구건 할리우드의 유혹에 저항할 수 있다는 걸 이해하지 못했고, 프랑스 외교관, 총영사라고 해서 예외일 수 없다고 생각해 당연히 승낙할 거라고 믿었지요.

---

* 트레버 하워드(모렐 역), 쥘리에트 그레코, 에롤 플린이 출연하고, 존 휴스턴이 감독하고, 재넉이 제작한 1958년 미국 영화.

*Romain Gary*

# 4
# 내 삶의 의미

할리우드의 스펙터클은 오늘날의 정치적인 삶이나 이
념적인 삶의 대부분이 곧 스펙터클임을 깨닫게 해주었습
니다. 나는 로스앤젤레스에서 4년 가까이 프랑스 총영사
로 지냈는데, 그때 진 세버그*를 만났습니다. 그녀는 「네
멋대로 해라」로 성공을 거두었고, 막 「잔 다르크」와 「슬픔
이여 안녕」을 촬영한 뒤였지요. 나는 첫번째 아내 레슬리
블랜치와 이혼하고 진 세버그와 재혼해 아이를 하나 두었

---

* Jean Seberg(1938~1979): 1957년 오토 프레밍거의 「성녀 잔 다르크
Sainte Jeanne」에서 첫 배역을 맡았고, 그 뒤 같은 감독의 「슬픔이여 안
녕Bonjour tristesse」(1958)에, 그리고 장-뤼크 고다르의 「네 멋대로 해라
À bout de souffle」(1960)에 출연했다.

는데, 곧 열일곱 살이 됩니다.* 지금 고등학교 졸업반이지요. 이 시절엔 내 삶이 너무 복잡해서 선택을 해야만 했습니다. 전업 소설가인 동시에 전업 외교관일 수는 없었으니까요. 게다가 나보다 스물네 살이나 어린 여자와 결혼했는데, 영화계 스타였던 아내가 촬영을 하러 세계 각국을 돌아다녔기에 별거 생활을 견뎌내든지 아니면 간간이 콜롬비아처럼 먼 촬영지로 따라다녀야 했지요. 나는 다시 복직할 수 있으리라고 생각하고서 외무부에 휴직을 신청했습니다. 외무부 일에 애착도 강했고, 관심도 많았습니다. 한데 물질적·경제적인 이유와 상황 때문에 외무부의 일을 다시 할 수 없게 되었습니다. 그러나 그것은 결코 외무부의 탓이 아니라는 걸 지금 이 자리에서 분명히 말씀드립니다. 어쨌든 난 장관 후보가 된 순간에, 아들이 프랑스 대사가 되는 걸 보고 싶어 하신 어머니의 꿈을 이루게 된 순간에 휴

---

* 알렉상드르 디에고 가리Alexandre Diego Gary(1962~   ): 『S 혹은 기대 수명S. ou l'Espérance de vie』(Gallimard, 2009)을 쓴 작가.

직을 하게 되었습니다. 어쩌면 어머니의 경이로운 환상에 순응한다는 생각에 대한 반발도 어느 정도 있었을 겁니다. 이미 오래전에 돌아가신 어머니는 내 전쟁에 대해, 내 문학 작품에 대해, 그리고 나의 외교관 이력과 내게 닥친 일을 아무것도 모르는데, 내가 프랑스 대사가 된다면 그건 나의 깊은 욕구보다는 어떤 불가사의한 의식에 따르는 거라고 생각되었으니까요. 그래서 나는 외무부를 떠났고, 몇 가지 예외적인 임무만 수행했을 뿐 복귀하지 않았습니다. 은퇴 할 때까지 끝내 복직하지 않았지요.

그 시절 나는 미국에 대해 아주 잘 알고 있었습니다. 미국에 관한 책을 두 권 썼는데, 그중 한 권이 아내 진 세 버그——그녀와는 9년간 결혼 생활을 했지요——의 미국 인 종차별주의 반대 투쟁을 다룬 『흰 개』*입니다. 이것은 내 자전적 작품 세 권 중 하나인데, 나머지는 『새벽의 약속』

---

* *Chien blanc*(Gallimard, 1970): 새뮤얼 풀러가 1982년에 「마견Dressé pour tuer」이라는 제목의 영화로 제작했다.

과 『밤은 고요하리라』입니다. 이 세 권만이 자전적 작품들이고, 앞으로도 그럴 겁니다. 자전적 작품을 또 쓸 만큼 내 앞에 시간이 많이 남아 있다고 생각하지 않습니다. 『흰 개』는 엄청난 성공을 거두었어요. 『라이프 매거진』이 특별호를 할애해서 이 책을 다뤄 나는 잠시나마 재정적인 걱정에서 벗어날 수 있었지만 완전히 해방되진 못했습니다. 따라서 문학작품 집필 외에도 특파원이자 기자, 전쟁 전에는 특파원이라고 불렸던 신문사 통신원으로 활동했지요. 『라이프 매거진』 통신원으로 일할 때, 이 경이로운 월간지가 앞으로 비행기 일등석은 안 되고 일반석으로 여행해야 한다는 방침을 세웠어도 나만큼은 특별대우 해주리라는 걸 알았습니다. 그때는 내 삶에서 아주 흥미로운 시기였습니다. 여행도 많이 다녔고, 청탁을 해오는 미국 출판사도 여럿이었지요. 그리고 할리우드의 시나리오 작가로도 활동했습니다. 여러 차례 할리우드로 돌아갔는데 예전과는 다른 입장에서 사람들을 다시 알게 되었습니다. 전에는 프랑스 총영사로서 온전히 독립적으로 그들을 알았는데, 이제는

다른 각도, 즉 시나리오 청탁자로서 알게 된 거지요. 아는
건 같았지만 관계는 전혀 달랐지요.

이를테면 「바람과 함께 사라지다」의 제작자인 데이비
드 셀즈닉*이 스콧 피츠제럴드 원작 『밤은 부드러워』의 시
나리오를 내게 부탁했지요. 나는 그 일을 맡아 일주일 동
안 작업에 매달려 시나리오를 완성했는데, 시나리오 한 대
목을 넘길 때마다 셀즈닉이 매번 자신의 생각을, 지시 사
항이나 지침을 내게 전하려고 열 페이지나 되는 주석을 보
내와 미쳐버릴 것만 같았습니다. 할리우드의 거물 제작자
인 이 사람이 작가를 볼펜쯤으로 여기고 자기가 같이 글
을 쓴다고 생각한다는 걸 알게 되었지요. 그래서 셀즈닉한
테 받은 선금을 돌려주고, 더 이상 시나리오 후속편을 넘
기지 않았습니다. 그리고 「우편배달부는 벨을 두 번 울린
다」의 새 버전도 작업했지만 촬영은 불발되었어요. 고장
난 시나리오를 수리하려고 세상 반대편까지 불려가 시나

---

* David O. Selznick(1902~1965).

리오 수정자로 참여한 작업들도 무수히 많습니다. 노르웨이의 눈밭에서 촬영할 예정이었다가 적도 아프리카로 급변경된 시나리오를 수리하기 위해 거기까지 갔던 기억도 나는군요. 할리우드 시나리오를 상당히 많이 썼지만, 재녁의 「지상 최대의 작전」*만 빼고 내 시나리오가 본래 상태를 유지한 건 거의 없었습니다. 더 정확히 말하면 원상태를 조금이라도 간직한 게 없었다는 말입니다. 그래서 거의 매번 클로징 크레딧에서 내 이름을 빼버렸지요. 예컨대 「지상 최대의 작전」 시나리오 작업 때도 그랬습니다. 시나리오에 매달린 작가가 여섯 명이나 되었는데, 내 차례가 되었을 때는 리처드 버튼이 엘리자베스 테일러와의 연애로 떠들썩하게 영화 홍보를 한 직후라 그 덕을 보려고 재녁이 리처드 버튼의 역할 비중을 늘려달라고 요구하더군요.

---

* 「지상 최대의 작전The Longest Day」: 코넬리어스 라이언의 작품을 각색해, 대릴 F. 재녁이 공동 제작하고, 존 웨인, 헨리 폰다, 리처드 버튼이 출연한 1962년 미국 영화. 로맹 가리와 에리히 마리아 레마르크도 시나리오 작업에 참여했다.

독자적인 작업에 길든 작가에게 이런 상황이 얼마나 참기 힘든 것인지 상상할 수 있을 겁니다. 그때가 1960년 대 말이었는데, 나는 아메리카 대륙을 상당히 깊이 알게 되었고, 그걸 토대로 「아메리카 희극」 연작을 쓸 수 있었습니다. 그 첫 권은 『별을 먹는 사람들』입니다. 지금 여러분께 얘기를 하고 있는 이 순간에도 콜롬비아에서는 여러 대사가 인질극 사건으로 곤경에 처해 있는데, 이 상황은 내가 이 소설에서 중앙아메리카에 관해 예측한 내용 그대로입니다. 『별을 먹는 사람들』은 미국에서는 『탤런트 스카우트』라는 제목으로 출간되었습니다. 그리고 젊은 층에게서 반응이 좋았던 『게리 쿠퍼여 안녕』*은 내게 중요한 작품입니다. 나는 할리우드에 살 때 게리 쿠퍼**와 친분을 맺

---

* *Adieu Gary Cooper*(Gallimard, 1969): 미국에서는 1964년 '스키광 The Ski Bum'이라는 제목으로 출간되었다.
** Gary Cooper(1901~1961): 프레드 진네만 감독의 1952년 영화 「하이눈」과 프랭크 캐프라의 1941년 영화 「게리 쿠퍼의 재회」에 출연했다.

었는데, 그의 다정하고 친절한 면모와 신사다운 품격에 끌려 자주 만났습니다. 할리우드에 머무는 동안 가장 가깝게 지낸 사람이었지요. 그래서 소설 『게리 쿠퍼여 안녕』을 썼습니다. 하지만 이 소설은 게리 쿠퍼에 관한 얘기를 하는 작품이 아닙니다. 사실 그런 오해가 있었지요. 어쩌면 다른 제목을 선택했어야 했는지도 모르겠군요. 작품 전체를 고려할 때 '패거리여 안녕Adieu la compagnie'쯤으로 제목을 붙일 수도 있을 겁니다. 『게리 쿠퍼여 안녕』을 통해 말하고 싶었던 건 베트남전쟁 시기에 자기 자신을 과신하던 미국에 작별을 고하는 것이었습니다. 흑과 백에 고하는 작별, 가치라는 의미, 배신자라는 의미, 긍정적인 의미에 고하는 작별, 게리 쿠퍼가 스크린에서 연기한 인물에게 고하는 작별, 게리 쿠퍼가 스크린에서 구현한 인물, 다시 말해 확고한 미국에 고하는 작별이었지요. 자신의 가치들을 확신하고, 자기 권리를 확신하고, 결국에는 언제나 이긴다고 확신하는 오만한 미국에 고하는 작별 인사 말입니다. 말하자면 나는 이 소설에서 오늘날의 미국을, 의심하고 불안해하고 번민하는 취약한 미국을 내고했넌 거지요——이제 미국은 세상의 다른 모든 나라처럼 파괴의 위험에 노출되어 있으니까요. 그걸 소설의 형태로 표현하려고 시도한 겁니다. 이 소설로 인해 상당히 많은 편지를 받고 있어서 하는 말입니다만, 젊은 사람들이 지금까지도 열광적인 반응을 보이는 걸 보면 청춘들에게 깊은 인상을 남긴 책인가 봅니다. 이 책을 쓴 것은 1968년 5월 혁명 직전인데, 68혁명을 예고하는 요소들이 등장인물들 속에 깃들어 있습니다.

나는 영화 작업도 이어갔고 탐방기사도 계속 썼습니다. 『프랑스 수아르』지를 위해 모터사이클을 타고 예멘에서도 취재했지요. 내전이 막 끝난 때였는데, 상당히 위험해 보였으나 아주 호의적인 내용만 썼습니다. 그러다 결국 먼저 저널리즘에서 완전히 손을 뗐습니다. 문학작품에 몰두할 수 없었기 때문입니다. 하지만 영화 쪽은 상당히 끌렸는데, 영화에서 강렬한 인상을 받았기 때문입니다. 나는 영화를, 영화적인 표현을 좋아합니다. 그래서 연출가로서,

작가로서, 감독으로서 직접 영화 두 편을 촬영하기도 했습니다. 6년 전에 출간한 단편소설을 원작으로 「새들은 페루에 가서 죽는다」*를 찍었고 2~3년 뒤에도 「킬Kill」**이라는 제목의 영화를 촬영했지요. 첫번째 영화는 내 삶에서 가장 뿌듯하게 생각하는 작업 가운데 하나입니다. 그건 카메라와의 첫 만남이었습니다. 이 영화는 당시 프랑스 비평계의 혹평을 받았지만 요즘엔 더러 언급이 되더군요. 이런 말을 하지 말아야 하는데 미안합니다. 겸손과 겸양이 부족한 탓입니다. 「새들은 페루에 가서 죽는다」는 2년 전 최근 50년 동안 나온 최고의 영화 50편에 선정되었습니다. 아주 뿌듯했습니다. 그 후엔 마약 밀매상에 대한 증오심과 마약에 대한 혐오감에서 영화 「킬」을 만들었지요. 대단히 폭력적인 영화였는데, 폭력성 때문에 프랑스에서는 얼마

---

\* 진 세버그, 모리스 로네, 피에르 브라쇠르가 출연한 「새들은 페루에 가서 죽는다」(프랑스, 1968).
\*\* 제임스 메이슨, 커트 주겐스, 진 세버그가 출연한 「폴리스 매그넘-킬!」(1972).

동안 상영이 금지되기도 했습니다. 수출도 금지되었고요. 이 영화를 망친 건 어느 정도는 내 잘못이기도 하지만, 촬영지 선택에 문제가 있었어요. 인도나 파키스탄에서 촬영했어야 할 영화를 스페인에서 촬영했기 때문입니다. 제작자들 등쌀에 그럴 수밖에 없었지요. 물론 거절할 수도 있었을 텐데 그러지 못했습니다. 마음에 드는 요소들도 있지만 전반적으로 애초의 기획 의도를 실현하지 못한 영화였습니다. 그 후 나이도 들고, 모든 걸 다 하고 살 수는 없다는 걸 깨닫고는 영화 제작은 접고 문학작품 집필과 삶에만 몰두하게 되었지요.

나는 오랫동안 마요르카*에서 살았습니다. 요즘도 가끔씩 그곳을 찾아가곤 하는데, 거기서 '형제 대양'** 3부작

---

 * (옮긴이) 지중해의 스페인령 발레아레스 제도에서 가장 큰 섬.
** '형제 대양' 3부작 『스가나렐을 위하여*Pour Sganarelle*』(산문집, 1965), 『징기스 콘의 춤*La Danse de Gengis Cohn*』(1967), 『죄지은 머리』(1968). 1977년에 역시나 갈리마르에서 출간된 『영혼 충전*Charge d'âme*』은 이 3부작에 속하지 않는다.

을 썼습니다. 첫 작품 『징기스 콘의 춤』은 악령 디부크*에
관한 이디시 전설의 새로운 판본이라고 할 수 있습니다.
두번째 작품은 『죄지은 머리』이고, 세번째는 2년 전에 출
간된 『영혼 충전』입니다. 『스가나렐을 위하여』라는 6백 쪽
짜리 소설론에서 이 3부작을 쓰겠다고 예고한 것을 실현
한 셈이지요. 이 소설론은 사람들에게 거의 읽히지 않았지
만 나에게는 이 문학작품들의 원천이었습니다.

1970년에 나는 진 세버그와 이혼했습니다. 끊임없이
실망에 부딪히는 젊은 아내의 이상주의를 용인할 수 없었
던 것도 어느 정도는 원인이었습니다. 젊은 시절 나 자신도
이미 경험했던 그 이상주의를 견딜 수가 없었고, 그것을
따를 수도 없었습니다. 그녀와 함께할 수도, 그렇다고 그녀
를 도울 수도 없었습니다. 그래서 항복했습니다. 하지만 아

---

* (옮긴이)dibbouk: 사람 몸에 들러붙어 미치거나 타락하게 만든다는, 유
대 전설 속 악령 혹은 혼령.

내를 돌보는 일을 그만둔 적은 없습니다. 결국은 오늘날 세상 사람 모두가 아는 비극적인 결말*로 끝났지만 말입니다. 아내의 죽음과 관련해 내가 연 기자회견은 미국 내에 큰 파문을 일으켰습니다. FBI를 비난한 그 회견 내용이 옳다는 걸 FBI 책임자 웹스터 씨가 확인해주었기 때문이죠. 그 회견 이후에는 아내의 죽음에 대해 일절 언급하지 않습니다. 그에 관해서는 더 이상 말하고 싶지 않군요.

다른 무슨 말을 할까요? 작업은 계속되었고, 나는 하루에 일고여덟 시간 내지 아홉 시간을 소설 작업에 매진했습니다. 통틀어 서른 권의 소설을 출간했지요. 『여자의 빛』**을 썼고, 6~7년 전에는 오늘날 중동의 비극들, 특히 이란에서 볼 수 있는 비극들을 예고하는 것처럼 보이는

---

* 1979년 8월, 이 대담이 있기 몇 달 전에 진 세버그는 파리에서 자신의 자동차 속에서 죽은 채 발견되었다. 사인은 알코올과 약물 과다 복용이었다.

** *Clair de femme*(Gallimard, 1977): 1979년 코스타-가브라스Costa-Gavras가 영화로 제작했다.

『스테파니의 머리들』*도 썼습니다. 예언자 행세를 하려는
건 아니지만, 여러분도 아시다시피 작가는 스펀지처럼 시
대의 공기를 빨아들입니다. 『스테파니의 머리들』에서 묘사
한 비극적인 상황들, 가혹 행위들, 광적이고 때로는 기괴한
일이 다가오는 것을 감지했다고나 할까요.

　지금은 『연』이라는 제목의 신작 출간을 준비하고 있습
니다——사실은 이미 탈고해서 출판사에 넘긴 상태입니다.
『연』은 내게 대단히 소중하고 중요한 소설입니다. 프랑스
인들의 역사적 기억에 관한, 감정의 기억에 관한 소설이기
때문입니다. 신의에 관한 소설이기도 합니다. 지금까지 나
와 함께해준 독자들과 젊은 세대들이 4월 7일이나 8일에
출간될 이 소설까지도 계속 함께 해줄지는 곧 알게 되겠지

---

* *Les Têtes de Stéphanie*(Gallimard, 1974): 샤탄 보가트Shatan Bogat라
는 가명으로 썼다. 로맹 가리는 이 대담에서 에밀 아자르라는 가명으로
쓴 책들에 대해서는 언급하지 않는데, 에밀 아자르의 정체는 몇 달 뒤 그
가 죽고 난 직후에 밝혀진다.

요.* 지금껏 내 책들에 관해 말했습니다만 빠진 제목들도 분명 있을 겁니다. 다만 『영혼 충전』에 대해서는 말씀드리고 싶군요. 책 내용을 얘기하지 않아도 될 정도로 이 책이 많이 읽혔는지는 모르겠습니다. 말하자면 이 책은 공상과학소설입니다. 인간이 에너지 위기에 봉착하자 영혼이 육신을 떠나는 순간 영혼을 붙잡아 기계 속에 가둬 에너지원천으로 사용할 방법을 찾는다는 내용입니다. 그럼 무슨 일이 일어나겠습니까? 영혼을 그렇게 분리해내어 무엇을 얻자는 걸까요? 인간 영혼으로 아주 강력한 파괴 무기를 만들어내는 겁니다. 어쨌든 작가인 내가 보기에 이건 오늘날 세계가 처한 상황을 축약하는 소설이지 문학적인 수사가 아닙니다. 겉보기엔 환상적으로 보이지만 나는 이 소설이 지극히 사실주의적이며 오늘날 세계에서 벌어지고 있는 일과 그리 멀지 않다고 생각합니다.

---

* *Les Cerfs-volants*(Gallimard, 1980): 그의 생전에 출간된 마지막 책.

요즘 내 주된 관심사는 아들 교육과 집필을 계속 이어가는 일입니다. 난 예순다섯 살*이고, 모든 관점에서 지평이 좁아질 수밖에 없습니다. 다만 나이가 들어가면서 영원회귀 현상 같은 것을 확인하고 있습니다. 내가 이미 알고 있는 것으로 여기던 것이 새로운 세대들에 의해 새롭게 발견된다는 의미에서 말입니다. 문학 영역에서는 대단히 희극적인 방식으로 그걸 확인하게 됩니다. 15년마다 새로운 세대가 카프카를 발견하고, 최근엔 내 친구 알베르 카뮈를 재발견했고, 또 생텍쥐페리를 재발견합니다. 모든 새로운 세대가 앞선 세대를 필요로 하지 않고, 앞선 세대들을 믿지 않고, 그들의 가치를 믿지 않고, 자기들 스스로 그 세대를 다시 발견한다는 일종의 법칙이 있는 것 같습니다. 감정적 가치들이 피임과 피임약 세대에게 복귀되는 현상도 그런 법칙의 한 예로 보입니다. 나는 아들 친구

---

* 로맹 가리는 1914년 5월 8일에 태어났다. 1980년 12월 2일, 예순여섯 살에 세상을 떠난다.

들을 통해 고등학교에서 새로운 표현이 유행한다는 사실을 알게 되었습니다. 그것은 여학생들뿐만 아니라 남학생들도 사용하는 표현인데, "저 남자애(혹은 저 여자애)는 성적인 애야"라고 말하는 것입니다. 아이들은 이 말을 여자건 남자건 섹스와 감정을 분리하는 사람이라는, 약간 경멸적인 의미로 쓰는 것이지요. 이는 분명 영원한 가치들로의 복귀를 의미합니다.

이 대담 초반부에서 나는 우리가 삶을 살아가기보다는 삶에 의해 살아지는 것이라고 말했습니다. 나는 내 삶에 의해 살아졌다는 느낌이 듭니다. 내가 삶을 선택했다기보다는 삶의 대상이 되었다는 느낌입니다. 분명 우리는 삶에 조종당합니다. 지금 여기서 이야기하고 있는 것처럼 미디어를 통해, 여러분의 카메라를 통해 대중 속에서 만들어지는 이미지라는 기이한 현상은 사실 인간의 실제와는 거의 관계가 없습니다. 사람들이 나에 관해 쓰는 모든 것에서 매일 나를 보지만 나는 내가 끌고 다니는 그 이미지 속에서 결코 나를 알아보지 못합니다. 어쨌든 작가의 창작물과 작가 자신 사이에는 큰 차이가 있습니다. 작가는 자기 자신의 최고의 것을, 자기 상상에서 끌어낸 최고의 것을 책 속에 담고 그 나머지, 앙드레 말로의 표현대로라면 "한 무더기의 보잘것없는 비밀"은 홀로 간직하지요.

나는 그런 경험을 두 번이나 했습니다. 한 남자의 성적 쇠락에 관한 소설을 한 권 썼는데, 그것은 서양의 쇠락에 대한 비유였습니다. 『이 경계를 넘어서면 당신의 승차권은 더 이상 유효하지 않다』*라는 제목의 소설입니다. 이 문구는 지하철역 곳곳에서 볼 수 있지만 내 머릿속에서는 하나의 우의적인 표현이었지요. 성(性)은 도구로 쓰였을 뿐, 사실은 서양에서 볼 수 있는 온갖 형태의 쇠락에 관한 얘기였습니다. 성불능에 대한 불안과 두려움에 사로잡힌 한 남자가 주인공인데, 내가 이 소설을 1인칭 시점으로 썼기 때문에 사람들이 성적 쇠락의 강박증에 사로잡혀 사는

---

* *Au-delà de cette limite, votre ticket n'est plus valable* (Gallimard, 1975).

# 내 삶의 의미

'나'라는 인물이 바로 작가 로맹 가리 자신이라고 결론 내렸지요. 나는 그 사실을 파리의 단골 카페에 들어서면서 알게 되었습니다. 나야 아무래도 상관없는 일이지만 몇 년 전의 그 일이 기억나는군요. 그 책이 출간되고 나서 문인들이 많이 찾는 유명한 식당에 들어섰을 때 한 숙녀가 다른 숙녀에게 몸을 기울이며 이렇게 말하더군요. **[가리는 물컹한 성기 대신 손가락으로 하는 척한대.]** 참으로 웃기는 얘기였을 뿐, 나는 아무렇지도 않았습니다. 어떤 저명한 평론가는 이렇게 솔직하게 쓰려면 로맹 가리에게 대단한 용기가 필요했을 거라고 말하기도 했지요. 다시 말해 성불구자, 성불능에 대한 불안에 사로잡힌 이 책의 주인공은 바로 나였던 겁니다. 냉소적으로 말하자면 성생활 차원에서는 좋은 작전이었다고 말할 수 있겠지요. 사실 나야 별 관심도 없었지만요. 왜냐하면 이때부터 여성들은 몇 가지 범주로 나뉘었기 때문입니다. 우선, 소설 속의 "나"라는 인물이 정말 로맹 가리 자신인지, 그것이 사실인지, 내가 성적으로 무능한지 아닌지를 기필코 알고 싶어 하는 여자들이 있었습니다. 그다음으로는 구원자 행세를 하는 여자들, "다른 여자와는 안 되더라도 나랑은 될 거야"라고 생각하는 여자들이 있었지요. 그리고 마지막으로 이렇게 말하는 젊은 여자들이 있었습니다. "잘됐어, 아빠라고 생각하지 뭐. 아무 위험이 없잖아." 내가 이런 상황을 이용하는 사람이었다면 그 방면에서 정말이지 큰 수확을 올렸을 겁니다.

내가 지금 이 얘기를 여러분에게 하는 건 더욱더 비극적인 일이 똑같은 방식으로 일어났기 때문입니다. 사냥꾼들에 맞서서 코끼리들을 보호하려는 한 남자의 이야기를 다룬 『하늘의 뿌리』를 썼을 때의 일입니다. 책이 출간된 뒤부터 내게 편지를 보내온 사람이 있었습니다. 라파엘 마타*라는 사람이었는데, 어느 날 『파리 마치』지를 펼쳤더니 라파엘 마타가 상아 사냥꾼을 상대로 코끼리들을 지키다가 밀렵꾼들에게 살해당했다는 기사가 보이더군요. 이에 관해

---

* 코트디부아르의 부나 보호 구역의 관리인이자 코끼리 보호자로 1959년에 살해당했다.

사람들이 떠들어댄 말은 두 가지입니다. 하나는, 악의적으로 한 말은 아니지만, 그 사람의 죽음에 내가 책임이 있다는 것입니다. 그러다 차츰 내 책에 관한 연구 논문이나 글들을 쓰기 시작하면서부터는 내가 라파엘 마타라는 인물에서 영감을 받아 『하늘의 뿌리』를 썼다고 하더군요.

요컨대, 여러분이 미디어를 통해 확인하듯이 나 로맹 가리는 언제나 실제의 나와는 아무 상관이 없는 어떤 로맹 가리라는 인물과 더불어 살고 있습니다. 우선, 역사, 전쟁, 전쟁의 상처, 훈장, 싸움, 그리고 러시아 출신이라는 사실 등등으로 조건 지어진 나의 역사적 과거 때문에 나는 공격적이고 격렬해서 난동이나 부리는 코사크 전사*처럼 여겨지곤 하지요. 그리고 내가 절대 벗어나지 못할 신화도 있습니다. 내가 엄청난 술꾼이라는 신화 말입니다.

---

* 코사크 혹은 카자크라고도 불린다. 다양한 국가 출신으로 우크라이나, 러시아 남부에 거주하며 군사 공동체를 형성한 집단인데, 주된 생계 방식은 약탈과 전투이다.

나는 알코올에 손을 댄 적이 없습니다. 겨우 포도주를 조금 입에 댈 뿐인데, 이렇게 말하는 기사를 신문에서 볼 수 있을 겁니다. "킬리만자로 산 아래서 위스키 병을 들고 있는 로맹 가리를 만났다." 사교계의 웬 숙녀는 어느 방송에서 이렇게 말하더군요. "로맹 가리가 고주망태가 되어 우리 집에 왔기에 밖으로 내쫓을 수밖에 없었어요." 또 다른 여성은 언젠가 이렇게 말했습니다. "로맹 가리가 술을 점점 더 많이 마셔서 이젠 척 보면 알 수 있을 정도예요." 하나부터 열까지 모두 가공의 인물에 대한 얘기지요. 알코올에 대한 혐오야말로 나의 특징인데 말입니다. 모든 게 이런 식입니다. 정치적 측면에서 사람들이 나를 드골주의자로 만든 것도 그렇습니다. 내가 드골 장군에게 도덕적·정신적으로 깊은 애정을 품고 있다고 해서 말입니다. 사실 나는 정치를 한 적이 없습니다.

나의 관심사는 오로지 여성입니다. 주의하세요, 여자들이 아니라 여성, 여성성 말입니다. 여성들, 여성을 향한

사랑이야말로 내 삶의 큰 동기이자 큰 기쁨이었습니다. 이
점에 대해 사람들은 온갖 얘기를 떠들어댔습니다만 사실
나는 바람둥이와는 정반대되는 사람이었습니다. 내가 바
람둥이라는 건 완전히 왜곡된 이미지입니다. 심지어 나는
체질적으로, 그리고 심리적으로 여자를 유혹하지 못하는
사람이라고 말할 수 있습니다. 그런 건 그런 식으로 이루
어지지 않습니다. 그런 일은 주고받는 것이지, 어떤 재간이
나 어떤 명령으로 소유할 수 있는 성질의 것이 아닙니다.
그러니까 나의 모든 책, 내가 어머니의 이미지에서 출발해
쓴 그 모든 것에 영감을 준 것은 여성성, 여성성에 대한 나
의 열정입니다. 그래서 간혹 페미니스트들과 갈등을 빚기
도 합니다. 내가 세상 최초의 여성적 목소리, 여성의 목소
리로 말한 최초의 인간이 예수 그리스도였다고 주장하기
때문에 말입니다. 다정함, 연민, 사랑 등은 여성적 가치들
이지요. 이런 가치들을 최초로 얘기한 사람은 예수라는 남
성입니다. 그런데 많은 페미니스트는 내가 여성적 특징이
라고 간주하는 이런 가치들을 거부합니다. 사실 사람들은

나 같은 불가지론자가 예수라는 인물에 그토록 집착한다는 사실에 항상 놀라곤 했지요.

내가 예수에게서, 그리스도에게서, 기독교에서 보는 것은 여성의 목소리입니다. 기독교가 피로 물든 남성들의 손, 항상 피로 물들 수밖에 없는 남성들의 손에 떨어지긴 했지만, 내가 예수의 목소리에서 듣는 것은 바로 여성의 목소리입니다. 모든 종교 문제를 떠나서, 내가 형식적으로 가질 수 있는 가톨릭 소속 여부를 떠나서 말입니다. 따라서 나는 그저 이렇게 말할 수 있습니다. 나와 여성들의 관계는 무엇보다 나를 위해 희생한 내 어머니에 대한 존경과 숭배였고, 물론 성을 포함한 모든 차원에서 여성에 대한 사랑이었다고 말입니다. 만약 내 책들이 무엇보다 사랑에 관한 책이라는 사실, 거의 언제나 여성성을 향한 사랑을 얘기하는 책이라는 이 단순한 사실을 이해하지 못한다면 내 작품을 전혀 이해하지 못하는 것입니다. 내가 여성이 등장하지 않는 책을 쓰더라도 여성성은 그 책에 결핍으로서, 구멍으로서 자리하고 있습니다. 나는 삶의 철학으로

'짝' 외에 다른 개인적 가치들은 알지 못합니다. 이 점에서
만큼은 내 삶은 실패였다는 걸 인정합니다. 그러나 한 인
간이 자기 삶을 망쳤다고 해서 그것이 곧 그가 추구하고
자 했던 가치를 저버렸다는 얘기는 결코 아니지요.

　살면서 내가 한 가장 가치 있는 일은 나의 모든 책 속
에, 내가 쓴 모든 글 속에 이 여성성을 향한 열정을 끌어
들인 것이라고 생각합니다. 여성을 육체적·감정적으로 구
현하건, 약함에 대한 예찬과 옹호를 통해 철학적으로 구현
하건 말입니다. 인권이란 바로 약할 권리를 옹호하는 것과
다르지 않으니까요. 내 삶의 의미가 무엇이었냐고 묻는다
면 언제나 나는——예술적인 목적이 아니고는 교회에 발을
들여본 적이 없는 사람이 하는 말치고는 참으로 이상하게
들리겠지만——그것은 바로 예수 그리스도의 말이었다고
대답할 것입니다. 그 말이 여성성을 품고 있다는 점에서,
그것이 내게는 여성성의 구현 그 자체라는 점에서 말입니
다. 만약 기독교가 남성들의 손에 떨어지지 않고 여성들의

손에 주어졌다면 오늘날 우리는 전혀 다른 삶, 전혀 다른 사회, 전혀 다른 문명을 가졌을 거라고 생각합니다.

그 밖에 내가 또 무슨 말을 할 수 있을까요? 나는 그저 같은 방향으로 계속 나아갈 시간이 있기를 바랄 뿐입니다. 가능한 한 오랫동안 말이지요. 지금 이 자리에서 분명히 말하지만, 무슨 다른 소설을 써서 어떤 영광을 얻고자 해서가 아니라, 그저 여성성에 대한 사랑, 여성에 대한 사랑을 좇아서 말입니다. 아마 사람들은 이 사랑, 이 충절을 나의 새 소설 『연』에서도 발견하게 될 것입니다. 나는 그저 훗날 사람들이 로맹 가리에 대해 말할 때 여성성의 가치가 아닌 다른 가치를 말하지 않기만을 바랄 뿐입니다.

# 로맹 가리, 세상을 홀린 마법사

1980년 12월 2일, 로맹 가리는 생제르맹데프레의 레카미에 레스토랑에서 발행인 클로드 갈리마르와 함께 점심 식사를 한 뒤, 비 내리는 파리 거리를 홀로 걸어 바크Bac 가 108번지의 집으로 돌아온다. 오후가 저물 무렵, 그는 붉은 실내복으로 감싼 베개에 머리를 대고 침대에 눕는다. 그리고 권총을 입에 물고 방아쇠를 당긴다.

1981년 6월 30일, 로맹 가리의 5촌 조카이자 에밀 아자르로 알려졌던 폴 파블로비치는 『우리가 알았던 그 사람』이라는 책을 출간하고, 7월 3일 TV 프로그램 「아포스트로프」에 출연해 진짜 에밀 아자르는 자신이 아니라 바로 로맹 가리임을 세상에 폭로한다. 7월 17일, 로맹 가리가 죽기 직전에 출판사로 발송해둔 텍스트 『에밀 아자르의 삶과 죽음』이 출간된다. 이로써 7년 동안 무성한 추측과 소문을 낳았던 '아자르 사건'은 종결되고, 파리 문단은 전설적인 작가 로맹 가리뿐만 아니라 혜성처럼 떠오른 천재 작가 에밀 아자르도 함께 잃었다는 걸 알게 된다.

이 책은 로맹 가리가 아마도 죽음을 결심하고서, "자전적 작품을 또 쓸 만큼 내 앞에 시간이 많이 남아 있다고 생각하지"(96쪽) 않는다고 말하며 세상을 뜨기 몇 달 전에 구술한 마지막 고백이다. 이 글에서 그는 자신이 살아온 삶의 궤적을 찬찬히 좇으며 자신의 모든 작품을 되짚어보고, 자신이 삶에서 추구해온 것들과 소설가로서 작품 속에 담으려 했던 의미를 정리한다. 그러나 에밀 아자르의 정체를 밝히기 전이기에 아자르의 이름으로 펴낸 작품들에 대해서는 침묵한다. 화려하고 곡절 많았던 삶, 그야말로 한 편의 소설이 되어버린 그의 삶만 담아내기에도 짧은 이 글은 그가 하지 못한 말들의 무게로 무겁다. 그가 하고 있는 말을 제대로 이해하려면 그가 하지 못하고 행간 속에 침묵으로 담아둔 말들을 읽어내야 한다. 그렇기에 아자르 사건을 알지 못하고는 로맹 가리의 삶과 죽음을, 그가 소설가로서 꿈꾼 것을 이해하기 어렵다.

문학사에서 두 번 다시 없을 이 사건은 1974년에 시작된다. 로맹 가리는 첫 소설 『유럽의 교육』(1945)이 대중적 성공을 거두며 화려하게 문단에 등장했고, 『하늘의 뿌리』(1956)로 공쿠르 상을 수상하면서 작가로서의 입지를 확실히 굳혔다. 그러나 그의 작품을 바라보는 비평계의 시각은 선명하게 둘로 갈렸다. "독자의 의식 깊이 다양한 울림을 불러일으키는 교향악 같은 소설"이라느니 "재능, 독창성, 밀도, 힘찬 필력을 모두 갖춘 작가"라는 극찬이 쏟아졌는가 하면, "재능 빼고 모든 것이 엿보이는 작품"이라거나 "올바르지 못한 프랑스어를 구사한다"는 혹평도 이어졌다. 『유럽의 교육』은 로맹 가리가 전쟁 중에 죽은 어느 폴란드 조종사의 주머니에서 발견한 작품이며, 『하늘의 뿌리』는 알베르

카뮈가 교정을 본 작품이라는 헛소문까지 나돌았다. 그런 와중에 소설은 공쿠르 상 수상이 발표되기도 전, 출간 3개월 만에 10만 부가 팔릴 정도로 독자의 사랑을 받았다. 그 후 자전적 소설 『새벽의 약속』(1960)이 또다시 눈부신 성공을 거두면서 로맹 가리는 전설적인 작가의 반열에 올라섰지만 유독 그에게 인색한 일부 평론가들은 혹평을 고집했다. 이후 거의 매해 출간되는 작품마다 독자들의 사랑을 받았지만 그는 자신이 이미 분류되고 판결이 끝난 작가가 된 것 같고, 사람들이 그에게 씌워놓은 얼굴에, 자신의 이름에 갇힌 느낌을 받았다. 이 마지막 고백 『내 삶의 의미』에서도 비평가들을 향한 원망 섞인 말을 읽을 수 있다. "비평가들은 하나같이 내가 단 한 권의 책의 저자로 그칠 거라고, 두 번 다시 『유럽의 교육』 같은 수준 높은 작품을 쓰지 못할 거라고 결론을 내버렸고, 이로써 작가 로맹 가리를 매장해버렸지요."(58~59쪽)

1974년, 그는 소설 『그로칼랭』으로 자기 자신으로부터 탈출을 시도한다. 예전에 가명 출간을 시도했다가 너무 일

찍 정체가 발각된 적이 있었기에 이번에는 출판사까지 속이기로 작정한다. 하여, 『그로칼랭』은 신인 작가가 통과해야 하는 심사 과정을 거쳐 에밀 아자르라는 이름으로 출간되었다. 반응은 놀랍도록 뜨거웠다. 가리의 작품마다 혹평을 쏟아내던 어느 비평가는 "시와 다름없는, 새롭고 엉뚱하고 기발한 언어"라며 아자르의 작품엔 찬사를 아끼지 않았다. 베일에 가려진 작가의 정체를 두고 몇몇 중진 작가의 이름이 거론되었으나 로맹 가리를 의심하는 사람은 없었다. 그가 아직 가명 출간을 생각지 않고 작품을 쓰던 중 책상 위에 펼쳐둔 원고를 본 주변 인물이 그것이 로맹 가리의 작품이라고, 두 눈으로 똑똑히 보았다고 주장했지만 어떤 이는 "로맹 가리는 그런 작품을 쓸 능력이 없다"고 잘라 말했고, 또 어떤 이는 "가리는 볼 장 다 본 작가다. 있을 수 없는 일이다"라고 단언했다. 에밀 아자르는 그 해 바로 르노도 상 수상 후보로 떠올랐고, 로맹 가리는 서둘러 수상 거부 의사를 전달했다. 그는 이 가면극을 거기서 그만두지 않았다. 다른 이름으로 다시 태어난 그는 무섭도록 왕성한 창

작력을 발휘하며 두 이름으로 동시에 작품을 펴냈다. 1975년에는 아자르의 두번째 소설 『자기 앞의 생』과 로맹 가리의 『이 경계를 넘어서면 당신의 승차권은 더 이상 유효하지 않다』가 서점 진열대에 나란히 놓였지만 누구도 두 작품의 저자가 한 사람이라고 짐작하지 못했다. 열 살 꼬마가 주인공인 전자는 눈부신 재능으로 빛났고, 성적 쇠락으로 괴로워하는 60대 남자가 주인공인 후자는 무기력한 늙은 작가의 비애를 드러내는 듯했다. 아자르는 몇 주 동안 연속으로 베스트셀러 1위 자리를 지켰고, 가리는 7위를 넘어서지 못했다.

『자기 앞의 생』은 파리 문단을, 그리고 곧 전 세계를 발칵 뒤집어놓았다. 신비의 작가 배역을 맡아줄 얼굴이 필요했던 로맹 가리는 조카 폴 파블로비치를 내세웠고, 폴은 역할을 훌륭히 해냈다. 이해 공쿠르 상 심사위원들은 『자기 앞의 생』을 수상작으로 발표했고, 같은 작품을 수상작으로 꼽고 있던 르노도 상 심사위원들은 하는 수 없이 다른 작품을 찾아야 했다. 원칙상 공쿠르 상은 한 작가가 두

번 수상할 수 없기에 로맹 가리는 폴을 시켜 수상을 거절하는 편지를 쓰게 했다. 그러나 공쿠르 아카데미는 "공쿠르 상은 탄생이나 죽음처럼 거부될 수 없는 것"이라고 잘라 말했다. 공쿠르 상을 수상한 에밀 아자르의 사진이 신문에 실리면서 기자들의 끈질긴 추적으로 폴 파블로비치의 이름과 이력이 밝혀지고 로맹 가리와의 인척 관계가 드러났다. 이때부터 로맹 가리가 에밀 아자르라고 의심하는 사람들이 생겨났다. 그러자 그는 끈질긴 추적을 따돌리려고 에밀 아자르의 세번째 작품 『가면의 생』(1976)을 토해내듯 보름 만에 써냈다. 이 작품에서 그는 광기에 사로잡힌 듯한 조카 에밀 아자르의 목소리로 삼촌 로맹 가리를 맹렬히 비난했다. 그 비난을 베르나르-앙리 레비는 이렇게 요약해 전한다. "가리는 멍청이에 늙어빠진 사기꾼이고 가짜 레지스탕스 대원이며 위선자다. 그의 모든 것이, 정말이지 모든 것이 가짜이고 허세고 지어낸 것이다. 그는 내가 자기 조카라는 이유로 내 영예를 훔쳐 자신이 내 책들의 저자라는 소문을 퍼뜨릴 정도로 진짜 개자식이고 양심의 가책을 모르는 작자다."*

이런 따돌리기에 속아 넘어간 이들은 이듬해 로맹 가리가 『여자의 빛』(1977)과 『영혼 충전』(1977)을 출간하자 그가 천재 작가인 조카를 질투하고 모방하려 한다고 수군댔다. 그런가 하면 로맹 가리의 작품을 정말 좋아해서 제대로 읽은 이들은 로맹 가리가 에밀 아자르일 수밖에 없는 증거를 작품에서 찾아냈다. 그러는 사이 폴 파블로비치는 점점 그의 통제를 벗어나 진짜 아자르 행세를 하려 들었다. 그의 가면극 무대는 위태로워졌고, 아자르라는 이름마저 참신함을 잃은 듯했다. 1978년, 매해 빠짐없이 책을 출간해온 그는 상당히 진척된 작품(『솔로몬 왕의 고뇌』)의 집필마저 중단하고 어느 이름으로도 책을 내지 않았다. 이즈음 이미 그는 가면극의 피날레를, 죽음을 생각했는지도 모른다. 그래서일까 1979년 2월 에밀 아자르의 마지막 작품이 될 『솔로몬 왕의 고뇌』를 출간하고, 3월 21일에는 에밀 아자르에 관

---

* Bernard-Henri Lévy, 'Le cas Gary', La Règle du jeu (2014년 11월 4일).

한 모든 비밀을 밝히는 글『에밀 아자르의 삶과 죽음』을 탈고했다. 그해 8월엔 그의 전처 진 세버그가 자동차에서 죽은 채 발견되기도 했다. 1980년 초, 그는 로맹 가리의 이름으로 출간될 마지막 작품『연』을 출판사에 넘긴 뒤, 라디오 캐나다 방송에서 이 마지막 회고록『내 삶의 의미』를 구술했다. 그리고 더 이상 아무것도 쓰지 않았다. 그가 죽기 전에 남긴 쪽지에는 이렇게 적혀 있었다. "D데이. 진 세버그와는 상관없는 일이다. [……] 답은 내 자전적 작품의 제목 '밤은 고요하리라'와 내 마지막 소설의 마지막 구절 '더 잘말할 수 없기에'라는 말에서 찾기 바란다. 나는 마침내 나를 완전히 표현했다."

로맹 가리는 특별히 애착을 느끼는 작품이라고 밝힌『마법사들』에서 작가라는 직업을 마법사로 정의한다. 마법의 지팡이처럼 상상력을 휘둘러 진부하고 엄혹한 현실 너머로 무한히 가능한 세상을 펼쳐 보여 관객 혹은 독자를 홀리는 마법사. 그는 심지어 예술가(작가)가 관객(독자)에게 줄 수 있는 가장 큰 선물은 진실이 아니라 환상이라고 말한다. 『하늘의 뿌리』에서 수용소에 갇힌 인물들이 그저 드넓은 초원의 코끼리를 상상함으로써 자유로움을 느끼고, 가상의 숙녀를 상상함으로써 생기 넘치는 삶을 살도록 그렸듯이 그는 현실을 바꿔놓는 상상의 힘을 믿었고, 소설의 마법을 믿었고, 소설로 세상을 홀리고 싶어 했다. 호메로스, 단테, 세르반테스, 톨스토이 등 이미 위대한 일을 이루어낸 마법사들의 뒤를 이어 "마법사 부족이 한 번도 세상에 낸 적 없는 가장 위대한 마법사가 되겠다"고 외치는 포스코 자가*의 목소리는 "세상(을 지어내는) 발명가"가 되길 바란 작가 자신의 목소리처럼 들린다. 그가 에밀 아자르로 다시 태어나려고 한 것도 그의 소설들이 세상을 홀리는 힘을 잃은 것 같아서였다. 공들여 써낸 그의 소설에 비평가나 독자가 다 안다는 듯 식상한 눈길을 던지고 만다는 느낌이 들자 그는 마법의 지팡이를 크게 휘둘렀던 것이다. 이번엔 새로운 인

---

* 『마법사들』의 주인공-화자.

물이나 이야기가 아니라 바로 자기 자신을 지어내는 마법을 부린 것이다. 아니나 다를까, 그가 이름을 바꾸자 세상은 다시 그의 소설에 홀렸다. 그는 이 마지막 마법으로 자신의 소설론을 담은 산문집 『스가나렐을 위하여』(1965)에서 말한 '완전한 소설roman total', 스스로 '인물이자 작가'가 되는 완전한 소설의 꿈을 이루고자 했다. 조작 끄나풀을 들킨 마법사는 세상을 홀리지 못하기에 그는 『거대한 옷장』에서 이렇게 말한 바 있다. "들키지 않는 것, 그것은 위대한 예술이다." "한 발짝만 더 내디디면 도달할 것 같던"* '완전한 소설'의 꿈이 무너지려 하고, 더는 세상을 홀릴 재주를 부리기 힘들 것 같아지자 늙고 지친 마법사는 펜을 꺾고 삶마저 접었다.

로맹 가리는 1978년 인터뷰에서 이렇게 말했다. "내가 타인들에게 줄 수 있는 최고의 것은 나의 소설들이다. 나는

---

* 『에밀 아자르의 삶과 죽음』.

내 소설 속에 있다."* 그리고 이 마지막 고백에서도 거듭 말한다. "작가는 자기 자신의 최고의 것을, 자기 상상에서 끌어낸 최고의 것을 책 속에 담고 그 나머지, 앙드레 말로의 표현대로라면 '한 무더기의 보잘것없는 비밀'은 홀로 간직하지요."(119쪽) 이 말로 마법사 로맹 가리는 우리를 끌어들인다. 그가 한껏 마법을 부려놓은 서른 편의 소설 속으로.

2015년 가을

백선희

---

* 1978년 자크 샹셀과 함께한 라디오 인터뷰.

| | |
|---|---|
| 1914 | 5월 8일, 러시아에서 태어났다. 본명은 로만 카체프Roman Kacew. 제1차 세계대전 발발. |
| 1928(14세) | 리투아니아, 폴란드를 거쳐 프랑스 니스에 정착. |
| 1933(19세) | 엑상프로방스의 법과대학에 입학. 소설 『죽은 자들의 포도주Le Vin des morts』 투고. 여러 출판사에서 거절당함. |
| 1934(20세) | 파리 법과대학에 입학. |
| 1935(21세) | 2월 15일, 유력 문예지 『그랭구아르Gringoire』에 단편 「소나기L'Orage」 게재. 7월 14일, 프랑스인으로 귀화. |
| 1938(24세) | 공군 학교에 입학. 장교 양성 과정을 마쳤으나 장교 임관에서 탈락함. |
| 1940(26세) | 제2차 세계대전 발발. 자유 프랑스 공군에 자원입대. '토픽' 비행중대로 발령받아 아프라카로 이동. |
| 1941(27세) | 2월 16일, 어머니 니나 카체프 암으로 사망. 처음으로 샤를 드골 장군과 만남. 장티푸스로 6개월간 입원. |
| 1942(28세) | 9월에 창설된 '자유 프랑스' 공군 예하의 로렌 비행 부대에 배속. |

1944(30세)　　첫 장편소설 『유럽의 교육*Éducation européenne*』
　　　　　　　이 런던에서 '분노의 숲'이라는 제목으로 먼저 출
　　　　　　　간. 일곱 살 연상의 레슬리 블랜치와 결혼. 6월
　　　　　　　로렌 부대원들과 함께 해방무공훈장 받음.

1945(31세)　　제2차 세계대전 종전. 샤를 드골에게 레지웅도뇌
　　　　　　　르 훈장을 받음.『유럽의 교육』프랑스어판 출간.
　　　　　　　이 작품으로 비평가상 수상. 이등 대사 서기관으
　　　　　　　로 프랑스 외무부에 들어감.

~1947(33세)　불가리아 소피아 주재 프랑스 대사 서기관으로
　　　　　　　근무.

1946(32세)　　장편 『튤립*Tulipe*』 출간.

1948(34세)　　외무부 동유럽분과로 발령.

1949(35세)　　장편 『거대한 옷장*Le Grand Vestiaire*』 출간.

~1950(35세)　스위스 베른 주재 프랑스 대사 일등서기관이자
　　　　　　　참사관으로 근무.

1951(37세)　　그의 성 '가리Gary'가 합법화됨.

1952(38세)　　장편 『낮의 빛깔들*Les Couleurs du jour*』 출간.

~1954(40세)　유엔 프랑스 대표단 대변인 겸 언론 담당 공보관으
　　　　　　　로 근무.

1956(42세)　　볼리비아 라파스 주재 프랑스 대사관 영사로 재

직. 장편 『하늘의 뿌리*Les Racines du ciel*』 출간, 이 작품으로 콩쿠르상 수상. 미국 로스앤젤레스 주재 프랑스 총영사로 발령.

1958(44세) 포스코 시니발디라는 가명으로 장편 『비둘기를 안은 남자*L'Homme à la colombe*』 출간.

1959(45세) 21세의 영화배우 진 세버그와 만남.

1960(46세) 장편 『새벽의 약속*La Promesse de l'aube*』 출간.

1961(47세) 레슬리 블랜치와 이혼. 외교관직 포기. 희곡 『조니 쾨르*Johnnie Cœur*』 출간. 런던에서 영어로 쓴 장편 『탤런트 스카우트*The Talent Scout*』 출간.

1962(48세) 단편집 『우리 고매한 선구자들에게 영광 있으라*Gloire à nos illustres pionniers*』 출간. 이 책에는 「새들은 페루에 가서 죽는다*Les Oiseaux vont mourir au Pérou*」가 포함되어 있다.

1963(49세) 장편 『레이디L*Lady L*』 출간. 진 세버그와 결혼. 아들 알렉상드르 디에고를 얻음.

1964(50세) 「새들은 페루에 가서 죽는다」로 미국에서 최우수 단편상 수상. 미국에서 장편 『스키광*The Ski Bum*』 출간.

1965(51세) 형제 대양 3부작의 첫번째 책, 산문집 『스가나렐

을 위하여*Pour Sganarelle*』출간.

1966(52세)   장편 『별을 먹는 사람들*Les Mangeurs d'étoiles*』
            (『탤런트 스카우트』의 프랑스어판) 출간.

1967(53세)   형제 대양 3부작의 두번째 책, 장편 『징기스 콘
            의 춤*La Danse de Gengis Cohn*』출간.

~1968(54세) 정보부 장관 비서실에 재직.

1968(54세)   영화 「새들은 페루에 가서 죽는다」 감독. 진과 합
            의 이혼. 형제 대양 3부작의 세번째 권 장편 『죄
            지은 머리*La Tête coupable*』출간.

1969(55세)   장편 『게리 쿠퍼여 안녕*Adieu Gary Cooper*』(『스
            키광』의 프랑스어판) 출간.

1970(56세)   진 세버그와의 사이에서 낳은 딸 니나 하르트가
            태어난 지 이틀 만에 사망. 『튤립』 최종본, 장편
            『흰 개*Chien blanc*』출간.

1971(57세)   장편 『홍해의 보물*Les Trésors de la Mer Rouge*』출
            간.

1972(58세)   장편 『유로파*Europa*』출간. 영화 「킬Kill」 의 시나
            리오와 감독을 맡음.

1973(59세)   장편 『마법사들*Les Enchanteurs*』출간.

1974(60세)   샤탄 보가트 이름으로 장편 『스테파니의 머리들

|   |   |
|---|---|
| | *Les Têtes de Stéphanie*』, 에밀 아자르 이름으로 장편 『그로칼랭*Gros-Câlin*』, 로맹 가리 본명으로 장편 『밤은 고요하리라*La Nuit sera calme*』 출간. |
| 1975(61세) | 에밀 아자르 이름으로 장편 『자기 앞의 생*La vie devant soi*』 출간. 이 작품으로 공쿠르 상 수상. 로맹 가리 본명으로 장편 『이 경계를 지나면 당신의 승차권은 유효하지 않다*Au-delà de cette limite, votre ticket n'est plus valable*』 출간. |
| 1976(62세) | 에밀 아자르 이름으로 장편 『가면의 생*Pseudo*』 출간. |
| 1977(63세) | 로맹 가리 본명으로 장편 『여자의 빛*Clair de femme*』『영혼 충전*Charge d'âme*』 출간. |
| 1979(65세) | 8월. 진 세버그가 실종 8일 만에 파리 16구에 주차된 자신의 자동차에서 시체로 발견됨. 로맹 가리는 관련 기자회견을 열어 세버그를 죽음으로 몰고 간 FBI와 언론을 비난함. 로맹 가리 본명으로 장편 『서정적 광대들*Les Clowns lyriques*』 출간(이 책은 1952년에 출간한 『낮의 빛깔들』을 재출간한 것이다.) 에밀 아자르의 마지막 작품, 장편 『솔로몬 왕의 |

고뇌*L'Angoisse du roi Salomon*』출간.

1980(66세)    로맹 가리 생전의 마지막 작품, 장편 『연*Les Cerfs-volants*』 출간. 12월 2일, 권총 자살로 생을 마감.

1981    7월, 에밀 아자르가 로맹 가리였음을 밝히는 글 『에밀 아자르의 삶과 죽음*Vie et mort d'Émile Ajar*』 이 세상을 뜬 지 6개월 만에 출간됨. 로맹 가리 는 스스로 생을 마감하던 날 이 글을 우편으로 로베르 갈리마르와 자신의 변호사에게 보냈다.

1997    드골의 죽음을 맞이하고 쓴 고별사를 포함한 세 편의 글을 프랑스어로 번역해 엮은 산문집 『프랑 스였던 그 사람에게 바치는 시가*Ode à l'Homme qui fut la France*』 출간.

2014    로맹 가리의 처녀작이었으나 출간되지 못했던 『죽은 자들의 포도주』와 그가 스스로 생을 마감 하기 전 라디오-캐나다의 「말과 고백」이라는 프 로그램에서 구술한 회고록 『내 삶의 의미*Le Sens de ma vie*』 출간.